U0726689

知書文化

脱线森林

有我陪着你，什么都不怕

夏正正
一蚊丁 · 著

PP殿下 · 绘

中国友谊出版公司

图书在版编目（ＣＩＰ）数据

脱线森林：有我陪着你，什么都不怕 / 夏正正，一蚊丁著；PP 殿下绘 .-- 北京：中国友谊出版公司，2021.4

ISBN 978-7-5057-5053-1

Ⅰ．①脱… Ⅱ．①夏… ②一… ③P… Ⅲ．①短篇小说－小说集－中国－当代 Ⅳ．① I247.7

中国版本图书馆 CIP 数据核字 (2020) 第 218467 号

书名	脱线森林：有我陪着你，什么都不怕
作者	夏正正 一蚊丁 著 PP 殿下 绘
出版	中国友谊出版公司
发行	中国友谊出版公司
经销	新华书店
印刷	雅迪云印（天津）科技有限公司
规格	787×1092 毫米 32 开
	7.5 印张 103 千字
版次	2021 年 4 月第 1 版
印次	2021 年 4 月第 1 次印刷
书号	ISBN 978-7-5057-5053-1
定价	49.80 元
地址	北京市朝阳区西坝河南里 17 号楼
邮编	100028
电话	（010）64678009

如发现图书质量问题，可联系调换。质量投诉电话：010-82069336

目录
contents

我想，你会喜欢上这片弥漫脱线气息的森林。

我想，你会时不时被某个动物戳中心事。

我想，你会在脱线森林遇见好久不见的自己。

前言

在脱线森林遇见你

文 / 夏正正　一蚊丁

脱线，即发神经、思维过于跳跃的意思。顾名思义，脱线森林就是一个动物们都比较不正常的地方。

在这里，松鼠一灰的文字和画笔充满想象力；刺猬团团有些刁蛮，但是会把拥抱留给认定的朋友；长颈鹿目里开了家蛋糕店，热衷于用蛋糕传递快乐；鸵鸟爱莎走不出失恋的阴影，但是常常爱讲冷笑话；小老虎喵喵不像个森林之王，而是个有趣的花店店长……我们生活里经历的他们也在经历，但是他们把一切变得更加有趣。

以前看过一个故事，有个女孩子拥有一种神奇的能力，她看到的每个人都是一只动物，有的是蜘蛛，有的是羊，有的是猴子……经过了解，那些人身上最明显的性格，果然都和她看到的动物相关。当时我就想，如果可以认识她该多好，那就可以问她我在她眼中是只什么动物了。如果可以，我希望自己是只松鼠。

不喜欢交际的草蛇花卜说：我不需要什么圈子啊，我自己咬咬尾巴就是一个圈子。

温暖的松鼠一灰说：我把我的金鱼放进河里，连金鱼缸一起放的。她说想看看河里的世界，但我不能让她受伤。

失恋难过的鸵鸟爱莎说：最好的隐藏是忙碌，正如转动的风扇永远看不清伤痕的纹路。

经历丰富的狐狸阿北说：向命运低头吧，因为格斗前要说"请多多指教"。

每天睡觉超过十八个小时的考拉懒懒说：我在犹豫的时候，会抛硬币来决定做不做一件事情，接得住就不做。

更像一只小猫而不是老虎的小老虎喵喵说：患得患失的感

觉真的很可怕。它不仅让你害怕失去，甚至也让你害怕得到。

很坚强却又有一点缺乏安全感的刺猬团团说：其实我们做的好多事就像考试后对答案一样，不是为了改变什么，只是想要确定什么。

不知道活了多少年的乌龟幸之助说：遥不可及的并非十年之后，而是今天之前。

…………

我想，你会喜欢上这片弥漫脱线气息的森林。

我想，你会时不时被某个动物戳中心事。

我想，你会在脱线森林遇见好久不见的自己。

考拉懒懒
和天使

通往脱线森林的指路牌需要月光的照耀才会出现，而"那里都是一群神经病"的说法也成为保护森林的一道屏障，使得森林外的生物对这里的兴趣不大。因此偶尔进入森林的访客主要有三种：某个动物的朋友、迷路的家伙、从天上路过的鸟儿。

天使要是知道自己被归类到了第三种，估计会被气得脸发

绿。

天使要从地球的一端到地球的另一端，本来可以施个"瞬间移动"之类的小法术，嗖的一下就到达目的地，但他不乐意。他想，已经拥有了永恒的生命，还要这么节省时间，意义在哪里？多没意思呀。

于是他拿出看了一半的书，朝着目的地的方向，一边看书一边扇动翅膀慢悠悠地出发了。

书里的情节肯定越来越精彩，因为天使刚开始的时候还会偶尔抬起头看看前方，现在已经完全沉浸在书里。

天使很爱看书，这个爱好让他成为唯一戴眼镜的天使。但是他看过的书里没有一本提到一个叫"脱线森林"的地方，所以他不会知道这片森林里有一棵很高的树。

哐当一声，天使结结实实地撞到这棵很高的树上。而且由于飞得太快，凌乱的树枝把他的翅膀剐出一大道伤痕，他瞬间失去平衡，跌跌撞撞地朝森林里坠去。

"刚才是什么声音？"树下的刺猬团团问道。

"不知道呀。"松鼠一灰回答，他看着被天使撞落的漫天落叶，突然想到了什么，"你看，落叶飘飘，秋天来了！"

不幸中的万幸，天使没有直接坠落到地上。以天使与生俱来的骄傲来看，他要是以脸朝下摔在地上的方式降临在大家面前，估计会尴尬得马上找个地缝钻到地底。人们只知道天上有天使，但还没在地上见过呢，一定能把鼹鼠一家吓一跳。

天使左晃右摇地掉进了一个建在树腰上的树屋里，而且撞到了一个软绵绵的物体，伤势才没有继续扩大。

考拉懒懒就是那个软绵绵的物体。当时的他正在睡梦中，被天使砸在身上也没能醒来。这么重的一砸都没有醒来，怎么可能？！所以，天使的第一反应是：天哪！我砸死了一只考拉！

天使顾不上翅膀的伤痛，抱着头在懒懒的床边来回转圈：怎么办，怎么办？我砸死了一只考拉！

不知道转了多少圈以后，天使终于鼓起勇气伸手往懒懒的鼻孔前探了探，当手指感受到懒懒正常的呼吸，天使瞬间松了一口气，瘫坐在地上：考拉是真能睡啊！

"你是谁？在我的家里干什么？"懒懒醒来的时候，天使还在地上坐着。他的翅膀受伤了，需要休息一会儿，还弄坏了懒懒的屋顶，需要向懒懒道歉。

"我是天使，飞过你们森林的时候不小心撞到那棵很高的大树受伤了，从你的屋顶掉了进来。"

"原来是这样。可是明明是你撞到树上，我怎么也有浑身酸痛的感觉啊？"

"……这大概就叫作感同身受吧。"天使不好意思地挠了挠头，随口瞎扯了一个理由。

天使的自愈能力很强，要是使用法术，可以加快痊愈的速度，但是他不乐意，他从不喜欢用法术来加快一些事情的进展。所以，他就在考拉懒懒家住了几天。

懒懒当然很高兴啦，这可是天使，童话书里才会看到的天使！

每天要睡超过十八个小时的懒懒，把醒着的六个小时全都用在了天使身上。他给天使采草药，请天使吃长颈鹿目里刚制作出炉的蛋糕，给天使讲森林里的故事。

当然，天使也给他讲天使们的故事。刚开始天使以为自己讲的故事太无聊，因为懒懒总是听着听着就睡着了，后来才发现，这是考拉的天性。这个天性让天使很抓狂。

懒懒和天使，就这么愉快地相处了几天。因为有了懒懒的照顾，天使的翅膀也很快就痊愈了。虽然不舍，但他还是得离开，回到属于他的生活里。

"没什么好送你的，知道你喜欢打羽毛球，就送你个羽毛球吧。我对它施了个小咒语，永远也打不坏。"天使最怕离别的场景，背对着懒懒说道。

"等等！这些羽毛莫非是？"

"对呀，我翅膀上的羽毛。收好哦，这可是全世界唯一用天使的羽毛做的羽毛球。"

空气突然变得很安静，莫非是这份礼物太过贵重，让懒懒激动得说不出话来？

"没事啦，羽毛还会再长出来的。"天使慌忙解释道，但是背后依然很安静。

莫非……天使怀着忐忑的心情转过身。

果然，懒懒又突然睡着了……

天使没有再边飞边看书，很快就到达了目的地。他的朋友们——一大群天使，立即围上来问他上哪儿去了。

天使的眼前浮现出懒懒的天真和善良，他笑笑说：和一个爱睡觉的天使玩了几天。

勇气

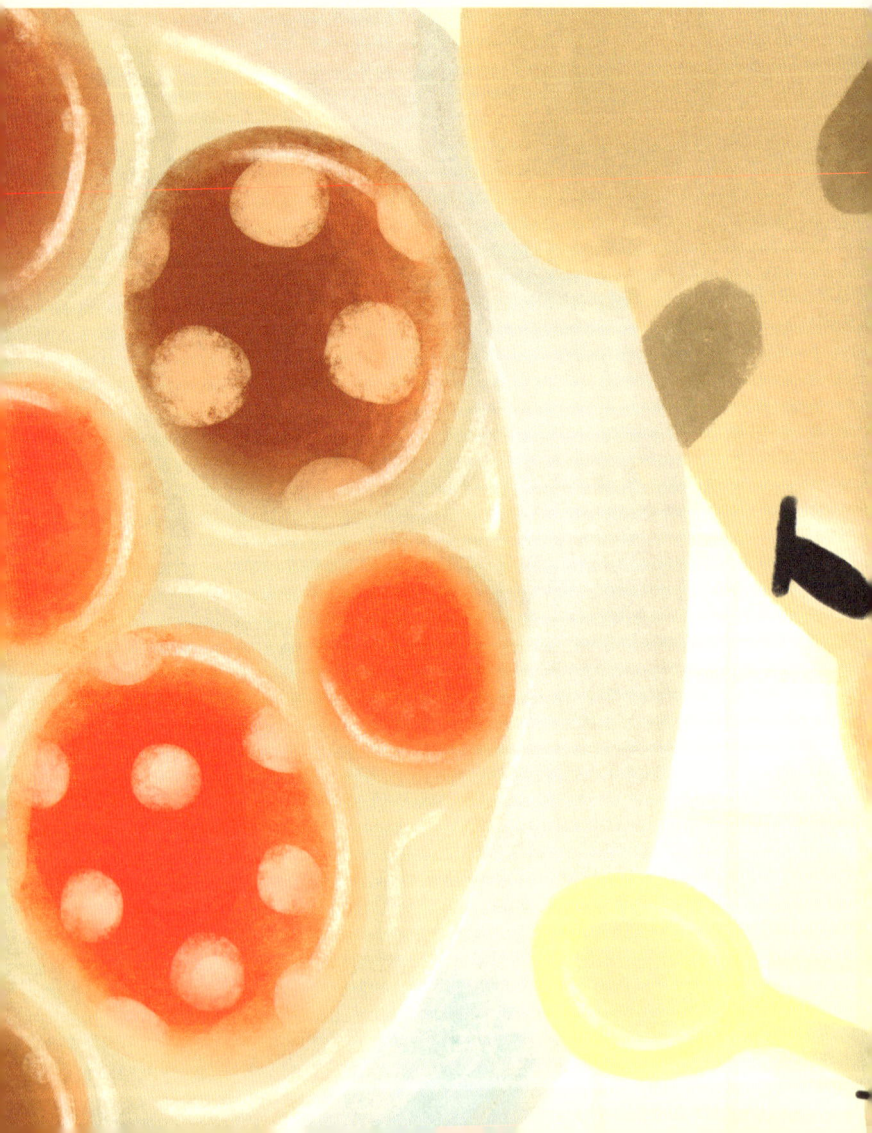

小老虎喵喵最喜欢的食物是蘑菇炖汤。

他总是一个人跑到森林深处去采摘许多新鲜的蘑菇。

　　所有喝过小老虎喵喵炖的蘑菇汤的人，都承认那是自己的嘴巴所享用过的最鲜美的炖汤。

　　尽管如此，森林里还是有人暗自嘲笑小老虎：堂堂的森林之王竟然不爱吃肉，只喜欢吃菌类，简直太可笑了！

　　就连小老虎最亲近的朋友都劝他以后应该少吃点蘑菇，多吃点肉食。

　　"可是我为什么非得吃肉食不可？"小老虎觉得很郁闷。

　　"因为你是只老虎啊。"朋友说。

　　小老虎喵喵和一只小花猫恋爱了。

有一次，小花猫在去见小老虎的路上遇到了一群鬣狗。

平时就是这些鬣狗最爱散布关于小老虎的种种谣言。比如他至今还没有断奶啦，比如他其实根本就是一只大花猫而不是一只小老虎。

鬣狗看到了小花猫，开始只是围着她大声讲关于小老虎的一些笑话。后来鬣狗们慢慢大胆了，开始把爪子伸向小花猫……

还好小老虎及时赶到，冲着鬣狗们大吼一声，便把这些鬣狗统统吓走了——他们内心其实知道，如果真把小老虎惹怒了，最后受重伤的只能是自己。

"以后再敢欺负我的朋友，我就不会这么轻易放过你们了！"小老虎冲着逃走的鬣狗们大声喊道。

"为什么你不追上去狠狠地撕咬他们？"一只一直待在枝头旁观的乌鸦追问小老虎。

"我已经把他们吓走了啊，为什么还非要伤害他们？"小老虎一边安慰小花猫一边回答乌鸦。

"因为你是只老虎啊。"乌鸦说。

越来越多的流言蜚语传到他们的耳中。

"一只老虎竟和一只花猫谈起恋爱，真是让人笑掉大牙了，哈哈。"

"他是森林里有史以来最懦弱的老虎了吧？"

"简直一点身为森林之王的尊严都没有呢！"

终于有一天，小花猫受不了这些声音了。

她向小老虎喵喵提出分手。

"我不能再连累你了。"小花猫说。

"可我没觉得被你连累啊。"

"难道你没听到森林里那些关于我们的传言吗？"

"是听过一些。"

"是我不好，让你受到这些伤害。"

"怎么会怪你……况且这些话根本就伤害不到我啊。"

"怎么可能？你怎么能承受这些恶意中伤又不被它们伤害

呢？"

"哈哈哈哈哈。"

小老虎不由得大笑起来。他说："因为我是一只老虎啊！"

大象
多切

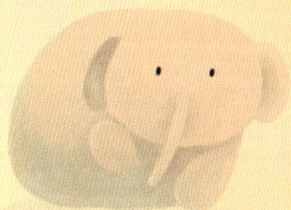

　　大象切多走路时并不经常回头，但那天他总感觉背后有个

什么"东西"在跟着自己。所以他回头看了看，就看到了那只精灵。

精灵像是没想到切多会突然回头看它，不由得吓了一跳，

不过旋即心想：我是只精灵，他怎么会看到我？

但大象切多好像真的看到了它，眼睛直瞪瞪地盯着它看。精

灵知道自己被发现了，索性就大大方方地和大象切多对视起来。

"你不怕我吗？"过了一会儿，精灵对切多说。

切多没理它，伸起鼻子朝它身上喷出一柱水，把那只精灵喷出去好远。

"竟然被水喷到了呢。"精灵有些诧异，接着又悠悠地飘到大象身后，继续跟着他走。

等切多不耐烦地想要转身继续朝它喷水时，精灵就迅速地撤离。等切多转过去向前走时，它又紧紧跟上去。

那只精灵就这样一直跟在大象切多身后，反正它也没什么地方可去。

身后跟着一只精灵本来也许是一件很拉风的事，可惜大象切多白白长了一副这么庞大的躯体，在别人眼中却像透明的。他在森林里没什么朋友，没有谁会特别留意到他。森林里常常有别的动物会直冲冲地朝他跑来，不是迫切地前去拥抱他，而是压根儿就没意识到他的存在——身为一只大象，存在感弱到这种程度也真是不多见。

"竟然被一只精灵尾随了。"大象切多觉得有点郁闷，"算了，也只有它能够注意到我。"

慢慢地，大象也就习惯这只背后精灵的存在了，好像做什么事都有一个观众在看，不会只有纯粹的无聊了。

相处久了，大象切多竟意外发现这只精灵出奇地胆小。虽然它有时会突然从空气中出现在切多眼前，想要吓他一跳，但那就好像一个无聊的小孩子企图以恶作剧引起大人的注意一样，根本没什么杀伤力可言。别说给它讲恐怖故事了，就是夜里随风传来一阵莫名的声响，都能把它吓得颤抖个半天。

不过这只精灵的话真是够多的，好像几辈子都没人和它说过话，所以一有了聆听的对象，就要把几辈子的话都说出来似的。

它知道的也确实很多，好多有趣的事情都是大象从前听都听不到、想都没想过的。慢慢地，大象切多的话也多了起来。

"知道吗？你是这么多年来第一个可以看到我的生物呢。"精灵对切多说。

"你也差不多是这么多年来第一个注意到我的……虽然你算不上什么生物啦。"

有时友谊就是这么奇怪的东西，只是因为在一片没人能看

到他们的森林里，他们彼此看到了对方，就成了朋友。

而一个好的朋友是能让你交到更多朋友的人。大象切多在精灵朋友的影响下，话变得越来越多，性格也变得越来越开朗，渐渐地，身边终于有些动物注意到了他。大象切多把自己从精灵那里听到的故事讲给他们听，身边的朋友一天天多了起来。

可那只精灵的样子越来越模糊，有时切多以为精灵朋友自己飘出去玩了，可定睛一看，发现它还跟在自己身边。

"你最近怎么了？"切多问那只精灵，"生病了吗？"

"精灵怎么会生病？不过我最近的确有事，可能要出趟远门了。"

"出远门？有多远？"

"很远啊。就像我在你身边你却看不到我那么远，也不知道要去多久，不过我会在那里继续搜集一些好玩的故事，等以后再见时我讲给你听。"

"是吗？好呀！路上小心。"大象切多说。

也许是他最近有了太多次的相遇，才会忽略这次离别的意义。

那天以后，大象切多再也没有见过那只精灵，开始时他还沉浸在结交新朋友的喜悦中，没来得及思考什么，等他某天意识到也许那只精灵真的不会再回来时，才明白自己失去的究竟是什么。

大象切多还是会和很多人讲故事，只是在故事的结尾他会告诉那些朋友：

精灵其实是一种很怕孤单和寂寞的生物，它有时突然从空气中出现想要吓你一跳，就好像一个无聊的小孩子企图用恶作剧引起大人的注意一样，真的没什么恶意。

所以，如果有一天你在什么地方看到它的话，请不要掉头就跑，而是拉着它的手陪它聊聊天、说说话。但请注意，千万不要和一只精灵讲恐怖故事，它会被自己吓到的。

four

狐狸阿北
的 酒 馆

几个顾客在狐狸阿北的酒馆里讨论为爱情受的伤。

阿北参与其中，并撩起衣服让大家看他胸口上的疤痕："一场雷雨弄的。"

"老板走开，我们在讨论为爱情受的伤，对你被雷劈没兴趣。"

"是和爱情有关。那天一声雷鸣，她慌得一下奔到我怀里……慌到忘了自己是只独角兽……"

阿北说到这里笑了笑，接着说："你们都说一次自己为爱受的伤，说得好的，免费送一杯酒。"

"你们知道，我在遇到小花猫之前脾气也很差的，"小老虎喵喵第一个开口说，"可认识她之后我真的变了很多，对吧？如果要说受过的伤，你们看看我的额头。"小老虎喵喵指了指自己头上的那个"王"："记得有一次陪她追一只蝴蝶，大概跑得太入迷了，我不小心被地上的石头绊了一跤。你看，额头上磕了一下，留了这一点小疤痕。伤倒不是大伤，可加了这一点伤痕，威风凛凛的'王'字就变成了一个温暖的'玉'字。"

小老虎叹息着说，但看上去也不像很难过的样子。

狐狸阿北笑着递给已经被那只小花猫改变得"温润如玉"的小老虎一杯葡萄酒。

接着大家把目光转向正在和斑马菲菲热恋的犀牛厚厚。

"别看我，菲菲可舍不得让我受伤，而我现在整天胆小得连受伤的机会都没了。你们知道吗？从前的我愿意为菲菲去死，现在的我更想为她好好活着。爱的极致就是贪生怕死。我这么贪生怕死的人，怎么会让自己受伤？"犀牛厚厚有点不好意思地笑了，然后看了看阿北手里的酒，咽了咽口水继续说，"不过虽然没受过什么伤，可跟着菲菲那个爱吃鬼，我可是整整胖了 20 多斤呢。你们说，肥胖算不算一种伤？"

"当然算！"在场的女士们纷纷点头。

狐狸阿北看着自己快瘦成一道闪电的身体，有些不情愿地为犀牛厚厚倒了杯酒。

大家接着追问坐在角落里的乌龟幸之助。

幸之助说他年轻时喜欢过一只小海龟，不过很早之前她就出海去了很远的地方，从那之后他就一直在等她。

"你们说，等待算不算一种伤？"乌龟幸之助说，"如果算的话，我身上这伤的名字就叫作'度日如年、长命百岁'。"

大家叹息着各敬了幸之助一杯酒。

最后就剩刺猬团团没说话了，平时最爱呛人的她这会儿安静极了。

"你们都别看我啊，我哪谈过什么恋爱？"刺猬团团大声叫道，"如果非要我说的话，我勉强受过的伤，就是这么多年了，连为爱情受伤的资格都没获得过，这算吗？"

"算，算。"大家异口同声道，暗暗为自己还能为爱情受伤感到骄傲。

"你这种伤……至少要喝两杯酒才够啊。"酒店老板狐狸阿北感慨道。

雨伞

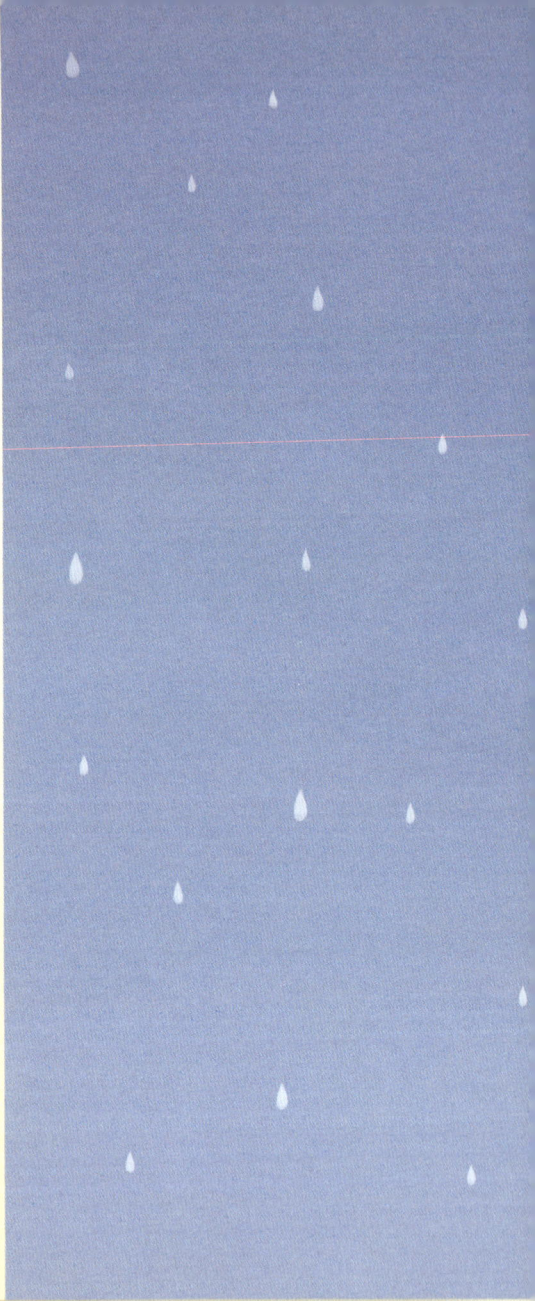

下雨了，长颈鹿目里在店里放了收纳箱，方便顾客放伞。

要是顾客们吃着点心、喝着咖啡的时候雨突然停了，他们常常会在离开的时候忘了把伞带走，并且很少会再回来寻找。也是，一把伞而已。

　　人们总是这样，总是在自己不需要一样东西的时候就把它抛到脑后。

　　也因为这样，长颈鹿目里收藏了很多把雨伞。他把雨伞折叠好，整齐地放置在储物间里。

　　偶尔无聊的时候，他会随便抽出一

把伞把它撑开，然后坐下来，就这么在房间里撑着伞静静地想一些事。每当这种时候，耳边似乎都有沙沙的雨声，时有时无。

长颈鹿目里喜欢雨天，正如他喜欢回忆一样。

他说人越长越大，记忆越长越长。到了后来，每一场雨都会让人想起曾下过的雨。

那些年的雨好像都和一只小梅花鹿有关。

他们初次见面，就是她在一个雨天浑身湿透地突然闯进他的蛋糕店里。

那天，目里给小梅花鹿煮了一杯热乎乎的奶茶，为她端上刚出炉的香喷喷的蛋卷。

临走时小梅花鹿说她还会来的，就在下一个雨天。

雨这种东西，总是喜欢在你不经意的时候下起。你开始期待它时，可能就会遭遇一个漫长的旱季了。

长颈鹿在一个月后才等到一场雨，而那只小梅花鹿竟然真的来了。

"我很后悔上次临走时说过的话。"小梅花鹿说。

"嗯？"长颈鹿目里的心里仿佛飘过一片乌云。

"我是说，我不该说要等下一个雨天才来。天知道，我现在变得有多恨晴天。"

啊。目里的心陡然一亮——乌云散去，阳光瞬间闪耀起来。

这是这次美丽的雨开始的部分，也是目里常常在储物间一个人撑着伞想起的部分。

每次想到这里，他都会站起身把伞合上。

目里变得只喜欢记得记忆里那些好的部分。

就像他会记得把小梅花鹿带来的雨，却不去记恨那场把她带走的雨。

长颈鹿目里走出储物间，打开店门，开始一天的营业。

没多久，就有一个女孩匆匆地跑了进来。

"你记得我吗？我上次来的时候把伞忘在这里了，你还记得吗？"女孩问道，然后开始讲述她上次和一个男孩来时的场景，开始细细地描述她那把伞的样子。

长颈鹿目里等她把话慢慢讲完，然后对她说："哦，我记起来了，我这就去给你取出来。"

　　长颈鹿当然记得。他记得遗落在他这里的每一把伞。虽然会回来找的人确实不多，虽然也许会隔很久，但总是会有人记得回来寻找自

己遗落的东西。目里能保证的，只是

他们来找时，它就在这里。

是的，"会有人回来寻找"——

这就是长颈鹿目里觉得他会把这家店

一直一直开下去的原因。

树洞

这世上从来就不缺说话的嘴巴，缺的只是愿意聆听的耳朵。

刺猬团团想，这可真是奇怪，明明每个人只长了一张嘴巴、两只耳朵，为什么还是觉得嘴巴太多、耳朵太少呢？

没有听众，你就是一个哑巴。有了听众，你才是世上无与伦比的废话大师。

刺猬团团有段时间几乎变成了一个哑巴，因为好像周围的朋友都变成了聋子。

她就是在那时候养成了对着树洞说话的习惯。

那是森林深处一棵年事已高的大树，树身被岁月掏出了一个大洞。刺猬团团每当有什么特别想要诉说的事，就会跑到这棵大树旁喋喋不休地说上很久。

大树当然不会回应她什么，但每次说完，刺猬团团都觉得自己整个身体轻了很多。

真的，一个人身体里最大的负重不是脂肪，而是心事。

只是最近这些心事好像都和一个喜欢不停蹿上蹿下的身影有关。

刺猬团团常常想，如果大树可以思考，可以说话，可以陪
她一起跑动，那它一定是自己最完美的伴侣。

因为它了解自己的一切，而又从来都没有借此伤害自
己——只要有谁可以做到这两点，刺猬团团真的会为他拔掉自
己身上的刺，改掉自己爱呛人的暴脾气，不带一丝防卫地把自
己交到他手上，听凭他处置。

那天刺猬团团正对着树洞说着这些，突然听到树洞里传来
一阵哈欠声。团团的第一反应竟然是：大树醒过来了？

但紧接着从树洞里蹿出来的身影打消了团团的念头：是松
鼠一灰。

"整天在外面啰啰唆唆的，不知道会耽误我睡觉吗？"松
鼠一灰打了个哈欠。

"死一灰，什么叫啰啰唆唆的？还有，什么叫整天？难道
你一直都在偷听我说话？"刺猬团团气得睁大了眼睛。

"这个树洞我可是从小睡到大的，是你每次来打扰我睡觉，
而不是我在偷听你说话好吗？"

"那么，我说的你都听到了？"

"你说来说去不就那几件事？一次没听全，多听几次我都能帮你背下来了。"

"你……"刺猬团团气得想上前跟一灰拼命，一灰一下蹿到树上去了。

"你舍得伤我吗？毕竟我现在可算是整片森林里最了解你的人了，哈哈。"

是的，松鼠一灰也许真的是知道她最多秘密的人了。

刺猬团团想，如果这世上有谁了解了你全部的秘密，你要么把他杀了，要么就只能嫁给他了。

"死一灰，"刺猬团团气得直跺脚，"说，你是要死还是要我？"

"这两者有区别吗？"一灰在树顶疑惑地问。

"你是要死。"刺猬团团大声朝一灰喊道。

"我死不了。"一灰说。

"你怎么知道？"

"因为我早就做了选择啊。"一灰说着,蹿到另一棵树上,匆匆逃离了。

是的,松鼠一灰早就做了选择。如果你在别人不知情的情况下了解了她所有的秘密和喜怒哀乐,你要么装作不知道,免得尴尬,要么就挺身而出,当着她的面接过她的这些秘密和情绪,并用力地去守护好它们。

松鼠一灰打着哈欠伸着懒腰从树洞里出来时,他就已经做好了选择。

"你是要死还是要我?"

我才不要死呢,松鼠一灰这样想着,一边轻快地穿梭在这片有着无数秘密的森林里。

他很高兴,其中的一个秘密和他有关。

寻找

多年来，鸵鸟爱莎一直在坚持着一种寻找，

而身为一只喜欢逃避的鸵鸟，她寻找的方式便是等待。

她几乎什么也不做，只是静静地过着自己简简单单的生活，

工作，学习，吃饭，睡觉，甚至恋爱。

她做这些事只是为了让自己的企图看起来不那么明显。

她按照日常生活固定的路线行走着，

从家到工作地点的路线，

从工作地点到朋友家的路线，

从朋友家到一家小餐厅的路线，

最后是从小餐厅返回家中的路线。

她做得完美极了，

没人会发现她竟有那么奇怪的念头——

从少女时代她便一直相信这世上的某一个角落里，

有一个只是为了她才存在的男孩。

在无数个难以入眠的夜里她眼前常常闪过的，

便是他在世界的另一端生活的场景。

如今，她在这片熟悉至极的森林里，

一遍又一遍重复着她为自己划定的路线。

但在她表面平静的生活的每一分每一秒中，

在她所经过的每一个岔道的拐角处，

在人群中，在人群外，

在每一次门铃被按响的时刻，

她都顽固地期盼着有谁能突然站在她面前，

双手紧紧地抓住她的肩膀，

双眸直视着她的眼睛，

用平静甚至带些绝望的语气向她宣布：

"我找到你了。"

梦

考拉懒懒本名叫蓝蓝，后来因为他实在太懒了，就被大伙叫成了懒懒。

考拉懒懒是真懒，特别懒，每天睡觉的时间超过十八个小时，剩下的时间两个小时用来进食，还有四个小时用来无所事事地发呆。

当然，在考拉懒懒看来，他发呆的时候并非无所事事，而是在很认真地"消化"。

不是消化吃过的食物，而是消化那些他做过的梦。

他睡的时间很长，做过的梦自然也很多，并且每一个梦都特别离奇、梦幻。

而且考拉懒懒还有种特殊的能力：抱着一样东西睡觉，会梦到和这样东西有关的故事。

他抱着一棵树睡觉，就能在梦中经历这棵树的一生，梦到它从一棵小树苗长成一棵大树所经历的一切。

懒懒喜欢做这些梦，他喜欢参观别人的世界。但这样的梦做起来也确实是累，累到他根本就没力气再去自己的世界里奔跑了。

相比之下，懒懒的邻居考拉动动活泼好动得简直就不像一只考拉。

考拉动动能动的时候就绝对不会静下来，只有实在跑累了的时候才会休息一会儿。

而打扰懒懒睡觉就是她最喜欢的休息方式。

她拿小石子砸他脑袋，把花撒在他头上，拿草捅他的鼻孔，在他耳朵边吹气。总之，能想到的手段，她统统用在懒懒身上。

懒懒早就烦死了动动，不过显然拿她一点办法都没有，只好逆来顺受，被动动一天天地折磨。

而考拉动动显然不知道见好就收是什么意思，见懒懒连一点反抗的心都没有，便开始提出各种要求，要懒懒陪她一起去玩游戏，一起散步，一起到森林深处探险。

懒懒开始当然是一百个不从，不过动动就是有足够的精力折磨得他一整天都睡不好觉，懒懒只能无奈地每天花几个小时满足她的要求，再回来好好睡上一觉。

　　那几天考拉动动一直没来烦懒懒，懒懒反倒有些不习惯了，竟然是出生以来第一次变得连觉都睡得没意思。

　　"动动本来不让我和你说的，"松鼠一灰看懒懒这个样子，忍不住说道，"不过再不说，你恐怕也要生病了。动动现在正在森林医院里呢，你去看看她吧。"

　　那是考拉懒懒这辈子跑得最快的一次，除了在梦里，他从来没在别的地方跑得这么快过。

　　终于到了动动的病床前，她可能刚刚吃过药，正在睡觉。考拉懒懒就那么一动不动地看着动动，这还是他第一次见到这么安静的动动。

　　她应该正在做梦吧，考拉懒懒想，不知道她正梦着什么。

　　懒懒觉得自己的眼皮也有点重了，在困意之中他却突然有了种冲动——他很想了解动动的一切。

　　于是他趴在动动身边，轻轻地握着她的手，想要在睡梦中经历她经历过的故事。

　　考拉懒懒一直为自己抱着一样东西睡觉，就会梦到和它有

关的一切的能力感到骄傲。只是这次他抱着考拉动动睡觉时，

似乎失去了这样的能力。

因为他抱着考拉动动时，梦到的却全是自己。

长颈鹿目里
的　顾　客

我曾经喜欢过一只小梅花鹿。

她很喜欢做点心给我吃。

吃她做的点心，我似乎可以尝到她的心情。

那样的心情里，没有心机，只有心。

是她教会了我做糕点，教我如何把心中的味道搬到这个世界上来。

可惜感情不像做糕点，做得不够好可以多做几遍。

我搞砸了一份感情，所以我只好试着做好每一份糕点。

在她离开我之后的一个星期，我几乎是住在了厨房里，没日没夜地试做一些新糕点。

我试验了无数配方，最后只留下了一种我把它叫作"巴里哇卡"的小点心。

巴里哇卡就是古森林语"爱情永存"的意思。

第一个来店里吃巴里哇卡的是一只小灰熊。

那是他第一次来店里，他只是坐在椅子上随便扫了一眼菜单就点了这份点心。

脱
线
森
林

而且从那以后，他每次来店里都会点同样的点心。很长一段时间里，他也是唯一一会点巴里哇卡的顾客。

他每天固定在下午五点的时候来到店里，花五分钟吃完点心，再花十五分钟对着空盘子发呆。

很多时候我甚至觉得他来店里的真实目的不是吃点心，只是为了找一个能让自己安安静静发十五分钟呆的地方。

而我这家常常一下午都没什么顾客来的蛋糕店，显然是适合发呆的绝佳地点。

因为小灰熊每次总是一个人来，所以可以想象有一天他和美丽的斑马小姐一起来店里时我有多惊讶。

他几乎是迫不及待地向斑马小姐推荐店里的巴里哇卡。听他这么说，我才知道他究竟有多喜欢这份点心。要知道，他平时几乎是不发一语地把点心吃完，从没有发表过任何评价。

斑马小姐刚吃下第一口巴里哇卡就对它赞不绝口。我还是第一次被顾客当面这么夸奖，忍不住微微有些脸红。

也许是斑马小姐带来的好运气，从那之后店里的客人慢慢多了起来。小灰熊则常常和斑马小姐一起来，如果有时斑马小姐没来，小灰熊也会打包一份给她带回去。

很明显，他们恋爱了。有一次，小灰熊甚至说要请我做他们的婚礼蛋糕师。

我当然愉快地答应了。

只是我没想到那次竟是小灰熊最后一次来店里。从那以后很长时间，他和斑马小姐都没有来过。最后是斑马小姐来了，只有她一个人。

斑马小姐坐在柜台前问我："一块蛋糕的保质期一般是多久？"然后没等我回答就自顾自地接着说，"保质期真的是一个很可疑的概念，你不觉得吗？距离过期还有一天的食品，你能安心地吃下去吗？刚刚过期了一天的食品，你又舍得丢掉吗？这世上最让人犹豫不决的就是还差一天就过期的牛奶，或是一段不知道该维持还是该丢弃的感情。"

我知道她和小灰熊分开了……

自此，斑马小姐就像之前的小灰熊一样，每次都是一个人来，每次来都点巴里哇卡。三个月以后，斑马小姐带来了鸵鸟先生。

我祝愿斑马小姐能和鸵鸟先生一直在一起，就像祝福所有来店里的情侣顾客都能永远在一起一样。

我知道，有一天斑马小姐和鸵鸟先生也许都不会再来，也许只有鸵鸟先生一个人来，也许鸵鸟先生又会带来新的伙伴。

但无论如何，总有人点这份巴里哇卡，不是吗？

巴里哇卡，爱情永存。因为爱情从不会因一人而存在，因一人而消亡。

只是你要学会，对待爱情就像对待蛋糕店里的每一位客人一样。

她来的时候，对她说句"欢迎光临"。

她要走时，对自己说声"下次再会"。

对岸 ten

乌龟幸之助已经不记得自己的年纪究竟有多大了。

那些和他一起长大的小伙伴早已离去，那些他看着长大的孩子也渐渐消失。

已经没有谁会和他庆祝生日，所以年纪就成了一个无须去记的数字。

但他确实还在爬行着，还在呼吸着，还在给天空中那些星星一个一个地起着名字。他的确有很多时间，可以去做很多人几辈子都做不完的事情。

在给星星起名字之前，他已经给森林里的每一棵大树、每一朵花都起完了名字。为了让每个名字都听起来与众不同，他甚至为此发明了好几种语言。

乌龟幸之助最擅长的事情就是打发时间。在无比漫长的等待中，他早已学会了如何与时间和平相处。

是的，从很早很早之前，乌龟幸之助就在等待着什么。确切地说，他是在等待一只小海龟。

那时幸之助还远没到现在的年纪。他还年轻，而且就是在最年轻的时候，他认识了那只小海龟。

他们在海滩上恋爱了。

他们常常一起在海滩上爬行着，步伐是那么慢，慢到时光都忍不住跑到了他们前面，就留他们两个慢悠悠地在自己的时间国度里过着自己的小日子。

可小海龟有时总会不由自主地停下来，呆呆地望着大海。

"你难道不想知道海的另一边是什么吗？"有一次小海龟问。

"海的那边都是海，哪有什么另一边？"乌龟幸之助有点不明白小海龟的问题。

"我听小蓝鲸说过，那边是有一个岸的，真的很想去看看，不然一直在这边生活总有点不甘心啊。"小海龟说。

"那你就去啊。"乌龟幸之助几乎是脱口而出。很显然，他那时还不明白时间可怕的一面，以为来去之间，不过匆匆眨眼，该回来的总会回来，而片刻的等待只会让随后的重逢变得更有况味。

然后，小海龟趴在那只小蓝鲸的背上就朝对岸游去了，甚至连个像样的告别都没有，乌龟幸之助就这么陷入时光漫长的囚禁之中。

开始的那些日子，等待还是件充满希望的事。他设想了无数次与她重逢的场景，计划了无数个重逢后要一起去做的事。

然而随着日子一天天推移，幸之助渐渐明白了看不到头的等待是比一片看不到头的海还要可怕的存在。他不否认希望的存在，但失望却像一次比一次巨大的海浪朝他袭来。

到后来，希望渐渐渺茫。幸之助反而觉得踏实起来，一种知道自己究竟在做什么的踏实感。

他就是在等待而已，对等待的事物已不抱什么太大的幻想。

他想，等待的也许永远不会来，之所以会一直等下去，只是希望她来的时候能第一眼就看到他在等她。

除了每天给花草树木取取名字，或者呆呆地望着海面，幸之助也不知道自己可以做什么了。

如果可以选择的话，他当然希望当初小海龟说要去海的对

岸时自己能够坚决地留住她。但时间这东西就是这样，无论你
觉得它走得是快是慢，只要是走过的路，它都不会再回头。

后来，乌龟幸之助才明白，这世上最美好的时间点，叫作
"还来得及"。

但对于他，去做别的什么事都已经是来不及了。

而等待，就是他正在做而且唯一能做到最好的事情了。

信天翁
的羽毛

考拉懒懒每天要睡超过十八个小时，和世界上的其他考拉一样。但是懒懒比其他考拉都幸运，自从他某次睡得太熟，从树上狠狠地掉到地上以后，他就获得了额头上的一个大包和一种神奇的能力：只要他抱着一样东西睡觉，就会梦到这个东西的经历。

鸵鸟爱莎由于自己不会飞，所以讨厌所有的鸟类。她讨厌鸟类的方式是搜集鸟的羽毛，再把它们放到镜框里挂在墙上。每瞪一眼那些讨厌的家伙身体上的羽毛，爱莎就觉得气消了一些。不过按照她的讨厌程度，想要完全消气，估计要没日没夜不眨眼地瞪上好一阵子，这个计划在她把一瓶眼药水用完之后就作罢了。

这天，风有些大。那只路过脱线森林的信天翁肯定没有想到，他身上被风吹落的一根羽毛，会让一只考拉和一只鸵鸟不吵不相识。

"这根羽毛是我的，我追着它跑了半个森林，好不容易追上了，给我。"爱莎喘着粗气说。

"可是，它是自己跑到我怀里的呀，是我的。"懒懒慢悠悠地回答。

"很少有信天翁会飞过我们森林，被风吹落羽毛的更少，这是我遇到的第一根，请把它还给我。而且，你要一根信天翁的羽毛有什么用呢？"

"我……我当然有用！"考拉懒懒欲言又止，自从发现了

自己抱着一样东西就可以梦到它的经历的能力，他就喜欢上搜集有经历的东西。信天翁的羽毛，肯定可以让他梦到各种各样的云朵甚至云层上的风景，从彩虹中间飞过是什么感觉，懒懒太想知道了。

"有什么用，你倒是说啊！不说我就拿走了。"爱莎嗖的一下把羽毛从懒懒手上抢过来，但是她也知道自己理亏，所以给了懒懒一个解释的机会。

"说了你也不会相信，我可以梦到关于这根羽毛的一切。"懒懒挣扎了一下便将自己的秘密和盘托出，说完以后舒服地长呼一口气，充满期待地看着爱莎：她会相信自己的秘密吗？

爱莎却哇哇地哭了起来。为什么人家只是倒个小霉摔了一跤，就能获得超能力做补偿，而自己生下来就是一只不会飞的鸟，倒这么大的霉，却什么补偿都没有。懒懒完全被吓到了，也不敢问，只是拼命递纸巾。

"想让我相信你，除非你给我讲讲都做过什么样的梦。"爱莎边擦眼泪边做出让步。一开始就知道懒懒发光的眼睛不会说谎，她只是好奇，想听故事。

"那当然好呀。"

懒懒这下来劲了，他每天睡觉超过十八个小时，做过的梦千奇百怪，却从来没有一个可以分享故事的朋友。他咕咚咕咚喝了几大口水，一副准备大讲三天三夜的架势。

"我给你讲那片树叶的梦吧，不不不，还是讲外星水怪的

那个，不不不，还是抱着恐龙蛋梦到的最刺激，不不不……"

一个故事还没开始说，懒懒就又和平时一样突然睡着了。是的，

这是考拉的天性，随时随地都会突然睡着。

"考拉就是考拉……"爱莎无奈地笑了笑，轻轻地把信天

翁的羽毛放回他怀里，"睡醒以后，给我讲讲梦到了什么吧。

比起外太空、侏罗纪，还是对你待会儿梦到的更感兴趣呢。"

爱莎抬头望望天空，嘴角不自觉地翘了起来。

爱情药水

　　大概很多人都有过这样的幻想：和喜欢的人一起被困在一个小岛上，日久生情；或者在喜欢的人落难受伤的时候飞身扑救、体贴照料，拉近彼此的距离。

　　幻想源于没有自信，源于看到和喜欢的人之间不能逾越的鸿沟，哪怕其实此时她就站在你的身旁。

　　那天，考拉懒懒在长颈鹿目里的蛋糕店门口徘徊好久，终于走进去问他："目里，你除了会做蛋糕，是不是还会魔法之类的玩意儿？"

　　目里看懒懒的眼神不是在开玩笑，问道："你需要什么样的魔法呢？"

　　懒懒犹豫了一下，还是说了出来："想……想要让别人喜欢上我的魔法。"

　　"是谁？想不到你除了睡觉，还有时间喜欢女孩子。"

"不能说。你就告诉我有没有。你要是帮助我，我就在你的蛋糕店办一张金卡。"

"那还真是一笔不小的生意呢。你等等。"

目里走进杂物室翻箱倒柜一阵子后，递给懒懒一张泛黄的纸片："把上面的材料找齐，再回来找我。"

考拉懒懒看了看纸片，上面是一个长长的清单：

1. 神树顶的嫩芽。

2. 月光之溪的溪水。

3. 落日崖底的紫花。

……

总之都是不容易得到的东西。

考拉懒懒愣了愣，便转身向神树走去。

"爱情的力量真伟大！"目里看着他远去的背影感叹道。

两天后，目里的锅里出现了清单上所有的材料，懒懒在旁边呼呼大睡。看得出这两天他真的是靠着一股信念豁出去了，从寻找清单物品的难度来看，每天需要超过十八个小时睡眠时

间的懒懒，这两天一点都没睡。

"你睡醒了？喝点我熬的汤吧。"

"我睡了多久？"

"大概五个小时吧。"

"怎么可能？以我对自己的了解，应该把这两天错过的觉都睡回来才能醒过来。"

"是汤的香味把你唤醒的。这个汤上一次喝还是在很多年前，由于材料很难凑齐，我一直没有再饱口福，谢谢你咯。"

"汤？这些材料，不是用来给我制作魔法药水的吗？！"

"哪儿有什么魔法药水，亲爱的懒懒。虽然我不知道你喜欢上了谁，但是我明确地知道一点，靠作弊获得的爱情，保质期很短的。"

"……"

"你真的不尝尝自己辛辛苦苦弄来的美味汤吗？我自己喝光完全不成问题哟。"

"……给我一勺。咕咚咕咚，天哪，真的很好喝。"

　　"是不是不可思议的美味？靠自己争取来的爱情，比这个

美味一百倍哟。"

团团的
相　亲

抵不过家里人在耳边唠叨，刺猬团团终于答应了今晚的相亲。对象是隔壁森林的灰兔子。

"竟然有人愿意和我相亲，看来自己毒舌泼辣的坏名声并没有传到隔壁森林。"刺猬团团心想，"所以还是决定要打扮一下。"

说是打扮，也就是把家居服换掉而已。刺猬团团在打开衣柜随意拿出一条短

　　裙的时候，脑子里突然跳出一个念头：如果今晚是和松鼠一灰

见面，她应该会把所有衣服都试一遍，然后依然拿不定主意吧。

　　团团没有相过亲，但是她知道这个世界上奇怪的人很多，而她又那么缺乏安全感，所以她的钱包里带足了钱，手机设置好家里的电话，一键就能拨通。

有人说不一样的心情会影响自己对所见所闻的看法。"我去相亲啦！"团团和家门口的樱桃树告别时，仿佛听到樱桃树的叶子在轻风的摇曳下回应她："傻傻！傻傻！"

团团到达餐厅的时候，灰兔子先生已经坐在那里了。这家餐厅的凳子是灰色的，灰兔子先生的西服也是灰色的，远远看去像是一个长了灰耳朵的凳子。团团虽然是应付了事，但还是很在乎一个陌生人对自己的印象的，所以，她盯着灰兔子的眼睛，试图看出他的感觉，却突然吓了一跳，然后又瞬间反应过来：哦，对，兔子的眼睛本来就是红色的，这不是红眼病。

灰兔子先生被团团的"吓了一跳"吓了一跳。

"怎……怎么了？我虽然很好看，但是还没好

看到把你吓一跳的地步吧？"灰兔子先生笑着问道。

"没……没什么，我把你错看成我的一个朋友了。"如果说谎的人要被一千根针扎，团团现在应该伸手拍一下自己的后背。

"没事就好。那我们开始点菜吧！五根胡萝卜十个做法怎么样？"灰兔子先生说，语气中带着豪气。

团团这辈子都没吃过胡萝卜。

"五个松果十个做法怎么样？"团团在脑中想象一灰说这句话的样子，却想象不出，因为知道他说不出口。

"十根胡萝卜也可以，也许你看到我长得太好看，胃口大增呢。"

……团团的脑海里终于跳出了网上聊天时那个呕吐的表情。

"到底吃几根胡萝卜，你再考虑一下。初次见面，献上一份小礼物，是我精心挑选的香水，气味你肯定喜欢。"灰兔子先生掏出一个用胡萝卜叶装饰的小礼盒送给团团。

"莫非是胡萝卜味的香水？"

"竟然一猜就中了。看来我们很有默契嘛。"灰兔子先生

开心地笑起来，一颗硕大的兔牙在灯光的映射下闪闪发亮。

"呵呵，吃几根胡萝卜你决定就好，我去一下洗手间。"

团团挤了挤嘴角做出微笑的样子，然后起身走向出口。

松鼠一灰
的画

松鼠一灰不是特别有毅力，很多事情都是三分钟热度，但他认真地学画画已经整整一年，这让朋友们都刮目相看。有人说半途而废都是因为不够热爱，一灰对画画的热爱是发自内心的，他渴望用画笔展现那些文字表达不出的稀奇古怪的画面和想法。

一灰学习画画的第一天便有一个计划，现在他觉得是实施这个计划的时候了。他要给森林里的每个动物都画一幅画。

大家都没做过绘画模特儿，对一灰的这个计划都很热心。但是大家很明显都高估了一灰学画一年的水平，他画画的速度，让大家不约而同地想到了乌龟幸之助。

慢，好慢。

长颈鹿目里的头刚画好，就被排队买蛋糕的顾客们催走了。

鸵鸟爱莎的头刚画好，就受不了无聊，跑去做颈部按摩了。

小老虎喵喵比较毛躁，他的头只画了半边，就跑去捉蝴蝶了。

整片森林，松鼠一灰只给两个动物成功画了完整的画。

一个是考拉懒懒，因为懒懒发挥考拉的天性，可以用各种姿势睡着，例如看书的时候、走路的时候，甚至喝咖啡的时候，当然也包括给一灰做模特儿的时候。

懒懒一动不动地让一灰从早上画到晚上，直到最后一笔都还没醒来。

另一个是刺猬团团，其实一灰没有找她做模特儿就把她给画出来了。一灰只要一闭上眼睛，团团的模样就清晰地浮现在眼前，只需要用画笔把她复制到画纸上就可以。

这是魔力还是怎么一回事，谁知道呢？

给所有的动物都画了画，一灰的画技得到不小的锻炼，他的心里冒出一个更大的想法。

世界上一直流传着集齐七颗龙珠可以召唤神龙的说法。一灰不知道这个说法的真实性，但是他知道神龙真的是可以召唤的，不是集齐七颗龙珠，而是集齐五片一模一样的叶子。

可世界上也一直流传着另一个说法：不存在两片一模一样的叶子。

何况五片?

但是这里可是不可思议的脱线森林呀。几乎每几天就要把森林里的树跳一遍,挑选合适的树叶写故事的松鼠一灰,某天突然发现了两片一模一样的树叶,后来又发现了第三片、第四片、第五片。他没有摘下它们,因为它们的质感并不适合写故事。

现在,为了心里冒出的更大的想法,他要摘下它们召唤神龙了。

轰的一声……

"你怎么那么胖?"一灰想过很多句开场白,但是当胖乎乎的神龙出现在眼前,一灰还是条件反射地冒出这句。

"嘿嘿,吃得太多,又不锻炼,哪像你整天跳来跳去的。"神龙不好意思地说,突然意识到不对,"喂喂,我是来给你实现愿望的,别扯我的身材。你有什么愿望,说吧。"

一灰把画板拿出来架好:"我喜欢画画,现在正在努力练习中。"

"简单。我可以让你立即拥有伟大画家们的同款画技。

达·芬奇、毕加索还是凡·高，或者全部？"神龙轻松地说。

"不不不，我不需要这样。我学习画画以后一直有个愿望，就是画条龙。你只要乖乖地飘着不动，做我的模特儿就好。"

空气突然变得有些安静，只有一灰的画笔落在画板上的微微声响。

抓娃娃
咒语

　　街角的玩具店新来了一台抓娃娃机，一堆可爱的布偶摆放在里面，远远看去仿佛在欢快地召唤："来抓我呀！快来抓我呀！"

　　在这片欢乐的海洋里，一只丑陋的小怪物布偶显得格格不入。它露出一脸不开心的表情，噘起的嘴巴仿佛在说："别碰我，你们这些愚蠢的家伙。"

　　但是丑陋只是大部分人的看法，不代表所有人。

　　"我一定要马上把它带回家，它那么可爱，肯定很多人想得到它。"刺猬团团边换游戏币边对松鼠一灰说。她喜欢得不得了的，正是那只丑陋的小怪物。

　　一灰知道团团没有开玩笑，当她看到真正喜欢的东西，眼睛会放出异样的光芒。而这样的光芒，一灰只见过几次。

　　投入游戏币，机械手臂开始在团团的操作下朝小怪物伸去。

　　第一次，偏了。

　　第二次，碰到了小怪物的翅膀。

　　第三次，小怪物被夹到半空中又掉了下来，可惜它没有扇

动翅膀，所以狠狠地摔了个脸着地。

"真疼！"一灰和团团同时说。

一灰和团团一共用掉了三十二枚游戏币，仍然没有把小怪物抓起来。一灰瞥了一眼团团，发现她的表情有点熟悉，顿时反应过来：这不正是小怪物的表情吗？不开心的表情。

这大概就是小怪物吸引团团的原因吧——他们是同类。

团团看了看钱包，空荡荡。

一灰掏遍了口袋，也是空荡荡。

"看来它不太愿意和我回家呀。"团团最后看了一眼小怪物，不太开心地回家了。

一灰没有回家，他径直去了长颈鹿目里的蛋糕店。

"目里，你收藏的魔法书里有关于抓娃娃的吗？"

"怎么会有这么无聊的魔法？"

"哦，本来我还想顺便订个最大号的蛋糕，既然如此，我要忙着去想其他办法了。"

"你等等，我突然想起来有个魔法可以用得着，让我去找找。"长颈鹿目里从来不放过任何一个卖出蛋糕的机会，何况是最大号的蛋糕。

一灰等目里等了很久，感觉饿了，便写了欠条，拿了目里店里的一块慕斯蛋糕吃，吃完一块又吃了一块，终于等到目里灰头土脸地回来，并递给他一张字条。

"噶乃岛那西卜路呀……这是什么玩意儿？"

"去抓娃娃的时候，对着想要的娃娃念出来就行。"

"你是不是又弄了新品种，我感觉刚才吃的蛋糕没有一丝甜味。"

"难道忘了放糖？"目里慌忙拿来一块慕斯蛋糕咬了一口。

"有甜味呀。傻松鼠，你的心思都在抓娃娃上，食不甘味了。真正想要那个娃娃的人，一定对你很重要吧？"

"你……你别瞎猜了。刚才吃了两块蛋糕，你再借我一块钱换游戏币。要是成功了，明天来订最大号蛋糕的时候一起还给你。"

"成交。"

看到小怪物还在，跑得气喘吁吁的松鼠一灰不由得长呼一口气："幸好还在。"大家当然不可能像团团认为的那样都喜欢小怪物，但是不排除有人想抓其他布偶却抓到了小怪物的情况，一灰满脑子都在担心这种情况的发生。

只有一次机会，一灰半信半疑地将游戏币投进机器里，开

始念那句拗口的咒语："噶乃岛那西卜路呀……"

长颈鹿目里说得没错，真正想要那个娃娃的人，一定对一灰很重要。所以他现在特别紧张，屏住呼吸握着操纵杆，一哆嗦就让机械手臂落了下去，但不是落在小怪物的正中央，几乎已经可以宣告抓取失败。

失败了吗？一灰渐渐暗淡的眼睛却突然放出光芒。

他不可思议地看到，机械手臂明明只是碰到小怪物的手，却像涂了胶水似的，把小怪物稳稳地拖了出来。咒语显灵了！

"谢谢你的咒语，我来订蛋糕。"第二天，一灰如约出现在目里的蛋糕店。

"那不是咒语，是布娃娃语。意思是：麻烦帮个忙，我想让她开心。"目里笑着回答。

蚊子和长颈鹿
目里的咖啡

蚊子已经两天没吸血了，在长颈鹿目里的家里来回转悠。它有过在响亮的呼噜声中安心进食的机会，但是它没有胃口，因为它的好朋友——一只飞蛾，不小心飞进目里的烤箱，化为灰烬。

飞蛾当时正在兴高采烈地向蚊子诉说自己的梦想。

"其实每一团火都是不一样的，你知道吗？"飞蛾说，"我要找到最美丽的一团，扑向它，完成我的一生，这就是我的梦想。"

话刚说完，它便被哼着口哨的目里关进了烤箱里，它没有死在憧憬的火海中，眼中充满了遗憾。

让蚊子在意的是，飞蛾在烤箱门冲向它们的一瞬间推开了它。没回过神的蚊子，永远不会忘记飞蛾隔着玻璃烤箱门对它说的最后一句话。如果蚊子没看错它的口型，它说的应该是：这就是为什么我讨厌吃烤面包！

飞蛾遇到危险的第一反应是推开我，这就是真正的朋友吧，蚊子心想。它还没来得及告诉飞蛾，它的梦想就是找到一个真

正的朋友。

"咕咕……咕咕……"肚子饿的声音终于盖过了翅膀的嗡嗡声，蚊子从回忆中醒过神来，盘旋在沙发的上方，伺机朝专心看电视的长颈鹿目里猛吸一口。

电视里在放一部关于穿越时空的电影，男主角跳进桥下的旋涡，回到过去救回了好朋友的命。

蚊子被这段剧情吸引住了，愣在半空中。

原来，时空是可以穿越的。原来，它还有方法可以回到过去，提醒亲爱的飞蛾慢慢飞，小心前面不长眼的烤箱。而这个方法，就是跳进一个旋涡里。

电影里的两个好朋友拥抱在一起，电影完美落幕了。长颈鹿目里放下手中的饼干，觉得口有点干，打算泡一杯咖啡。咖啡粉、热水，开始搅拌，一切都与平常没什么两样。目里不知道，咖啡杯里被他搅拌出来的平常无奇的旋涡，此时在头顶上一只蚊子的眼中，有了特别的意义。

准备已久的蚊子，毫不犹豫地俯冲而下，扎进杯子里这个会带它回到过去的旋涡中。

团团
和蝴蝶

"啊！"

刺猬团团又一次从噩梦中惊醒。

一场陨石雨突然落下，火光四射，房屋的倒塌声和大家的尖叫声连成一片，松鼠一灰、长颈鹿目里、考拉懒懒……平时嘻嘻哈哈的朋友们都在逃命，可是一个都没逃掉。团团不知道已经是连续第几次做这个噩梦了。

最近的压力太大了吧，加上本身就很缺乏安全感，才会被同一个噩梦欺负好多次。

团团决定给自己放个假，到森林附近的落日崖底散散心。

今天的落日崖底和平时一样惬意，奇花异草在斗艳，草木随风自由摇摆，让人仿佛置身于另一个世界。

团团躺在比家里的沙发柔软很多的嫩草上，心想：为什么这里的花草会比其他地方的美丽很多？大概是因为久久才有一个人到访，它们等待一份欣赏太久了吧。

突然听到什么声响，团团仔细寻找了一下周围才发现，是一只被蜘蛛网困住的黑蝴蝶在拼命扇动翅膀想挣脱。

团团不太喜欢蝴蝶，原因她自己也说不上来，每个人都有

一些没缘由就不喜欢的东西。所以她本来应该像没看到似的一

走了之。

黑蝴蝶挣扎着向团团求救，它不知道团团不喜欢自己，也不知道能听懂昆虫语的动物不多，它只是本能地呼救。

团团顿了顿，便向黑蝴蝶伸出手，趁蜘蛛回来前解救了它。

解救黑蝴蝶的原因，当然不可能是它的呼救，原因被团团写在了当晚的日记里：可怜的小家伙，当时对它来说也是一场噩梦吧。我的噩梦还能醒来，如果不救它，它的噩梦可就永远都醒不过来了。

和平常一样，团团写完日记后准时上床睡觉。

和平常一样，缺乏安全感的她把她的小怪物布偶抱得紧紧的。

和平常一样，她又梦到了那场陨石雨。

不过这次的结局有些不一样。在陨石雨快落到森林的时候，那只黑蝴蝶突然出现，越变越大，大到翅膀盖住整片森林。

等到黑蝴蝶变回原样的时候，陨石雨早已没有了踪影，天空好蓝。

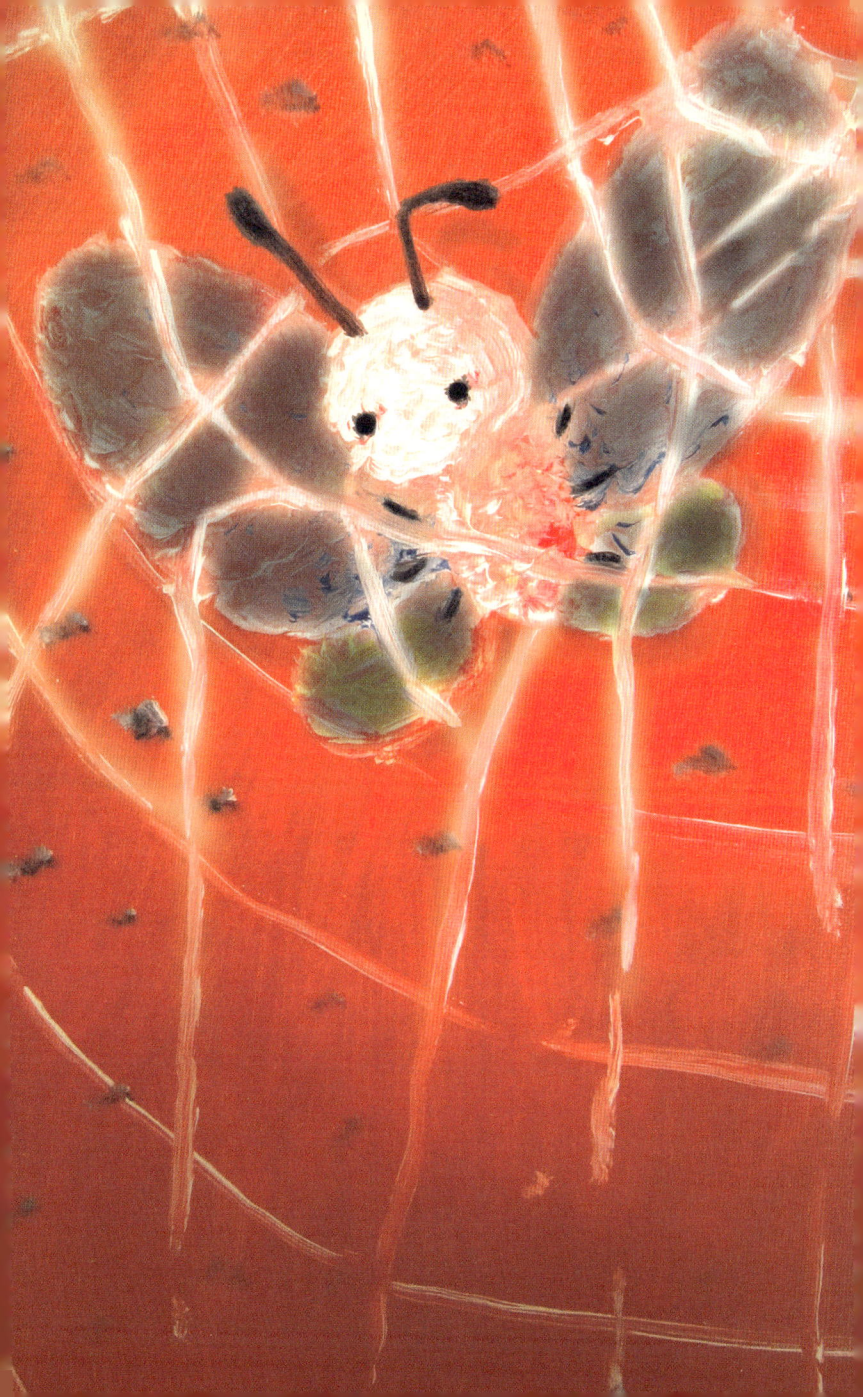

长颈鹿目里
的创意蛋糕

脱线森林的动物都喜欢长颈鹿目里的蛋糕店，那里除了有好吃的蛋糕，还有好玩的私人定制。

有一对小情侣要离开森林闯荡了，他们发现脱线森林里有很多独具特色的东西，于是想把这些东西带到外面去，让更多的人享受到脱线的乐趣。来找目里订的蛋糕，便是和朋友们告别的时候分享的。

目里被他们要做

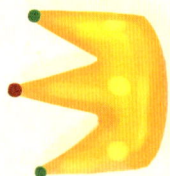

的事情深深打动,便想让他们的蛋糕变得更有意义。怎么弄呢?目里绞尽脑汁,折腾了一晚上。蛋糕做好的时候,小情侣刚好到店里。他们第一眼就看到了蛋糕的特别之处:蛋糕上散布着f、u、t、u、r、e 几个用巧克力做的字母。

"这有什么特别的意义吗?"小情侣好奇地问道。

"意义是,你们可以拼出个未来(future)。"目里微笑着说。

"天哪!真是太棒的创意和祝福!谢谢你,长颈鹿店长!"小情侣听到目里的解释,笑开了花。

小老虎喵喵的生日快到了,大家希望给他办一个生日party(聚会),蛋糕当然是重要的一部分。

喵喵也是目里的好朋友,目里心想,喵喵最想要的是什么呢?

记得有一次,大家在讨论平行宇宙。喵喵很认真地问道:"也就是说,在平行宇宙里,有一只威武的、什么都敢做的、说一不二的、和我完全相反的老虎吗?"

大家都笑了:"平行宇宙里不知道有没有,脱线森林外倒

是有很多。喵喵，你真是一只最不像老虎的老虎。"

喵喵顿时急了："那……那有什么问题？"

没错，喵喵不希望大家太在意他不像只老虎，他只希望做自己。

那就让喵喵知道大家从来没有在意过吧。目里拿出巧克力酱，在喵喵的生日蛋糕上写下：人们都以为你的额头上写着一个"王"，我们都知道其实写的是"一 + 一"，请你就这样一直开心地二下去吧！

占了大半个蛋糕的一句话，让喵喵在生日那天感动得泪流满面。

还有一次，松鼠一灰不小心惹刺猬团团生气了，来订一个蛋糕向团团赔罪。一灰并没有要求目里做任何多余的设计，因为他知道对团团这个大吃货来说，吃到她最喜欢的杧果蛋糕就会瞬间忘了为什么生气。

目里把蛋糕装到盒子里的时候却不小心把盒子摔到地上，蛋糕支离破碎。要不要重做？目里想到一灰订这个蛋糕的目的，灵机一动，或者说是懒，在蛋糕盒里放了张小卡片：希望所有遇到问题的友谊都像吃这个蛋糕一样，别在乎发生过什么，味道没变就好。

团团打开蛋糕的时候，高兴坏了，因为卡片上的话，还因为目里多放了一张蛋糕兑换券。还生什么气啊，有两个杧果蛋糕呢！

现在，森林里的动物们都有了一个习惯：不论是馋了还是想道歉、想解忧、想祝福、想有趣……大家都会去光顾长颈鹿目里的蛋糕店。

也许有一个大大的惊喜等着你！

鸵鸟爱莎和蟑螂

nineteen

鸵鸟爱莎特别害怕蟑螂，特别特别害怕。她第一次也是唯一一次见到蟑螂，是考拉懒懒在森林里开生日 party 的时候。爱莎先是尖叫一声，然后瞬间把头埋进懒懒正准备切的大蛋糕里。是的，爱莎有个与生俱来的怪毛病，受到惊吓的时候会把头埋进任何可以覆盖住头的物体里。而她看到蟑螂的时候，距离她最近的满足条件的物体，只有懒懒的大蛋糕。

懒懒完全没有生气，反而很喜欢这个 party 中的小插曲，和大家一起哈哈大笑起来，然后带头玩起了砸蛋糕，本来就很欢乐的 party 更欢乐了。

爱莎知道自己成了今晚最大的笑点，但她不知道的是，让她成为笑点的蟑螂，竟会被她埋进蛋糕的滑稽样子深深吸引。

可是一只蟑螂怎么可以喜欢上一只鸵鸟，而且是一只特别特别害怕它的鸵鸟呢？就算是在什么都能发生的脱线森林，这也太不可思议了，连电风扇都摇了摇头。

爱莎从此以后再也没有见过蟑螂，不是吓到她的那只，是所有。

　　她不知道，蟑螂界出了一个叛徒，只要有蟑螂想靠近一只
鸵鸟，叛徒就会突然出现把它们赶跑，哪怕鼻青脸肿，哪怕成
为众矢之的。

小老虎喵喵
的花园

　　小老虎喵喵除了有个和老虎不太搭的名字，还有个和老虎更不搭的爱好兼工作：他有一个种着各种植物的花园，并用这些植物开了一家盆栽店，脱线森林几乎每个动物的家里都养着喵喵的盆栽。

　　喵喵常对顾客说他听得懂植物语，并告诉顾客哪盆植物想跟他回家。顾客通常会认为他是为了卖出植物开玩笑，要是被他打动并选择他推荐的植物，他会开心得不像只老虎，而像只嘴巴里塞满了鱼的满足的小猫。

　　喵喵是否可以和植物交流像个不大不小的谜，但是他对植物的喜爱是没人会怀疑的。有一个只有他自己知道的小秘密是，他每次挥手送顾客离开，更多的是在和植物挥手。

　　有一次，狒狒妈妈左手提着一个盆栽，右手揭着小狒狒的耳朵，怒气冲冲地来到喵喵的店里："这捣蛋娃子浇了满满一壶的水，花开得好好的天竺葵立马蔫下去了。你看看还有办法吗？"

　　"我以为它多喝些水可以开得更好。"小狒狒低着头嘟哝道。

喵喵把耳朵凑到天竺葵旁边好一会儿，紧张的表情散成笑容："再多几滴水就真的没命了。不过，它说，其实它挺高兴，就算被水淹死也不会怨恨小狒狒的。"

"为什么啊？你不要为了安慰我就欺骗我。"小狒狒知道天竺葵不会死，就松了口气，但是不明白天竺葵为什么差点被他弄死还挺高兴。

"因为啊，你浇的水积留在花盆里的时候，天竺葵低下头，从水面上第一次看到了自己的样子，好美。"

开了让憔悴的天竺葵更快恢复的方子给狒狒母子，向他们挥手告别以后，喵喵突然想起了什么。他转头向店里的盆栽们问道："有谁要照镜子的吗？"没有风吹过，盆栽们的叶子却沸腾似的舞了起来。

还有一次，刺猬团团捧着生病的仙人球来找喵喵。

喵喵看了看，心中已经知道个大概："团团，你为什么喜欢养仙人球？"

团团说："它是植物里带刺的，我是动物里带刺的，感觉很像、很合拍呢。"

"其实你们还有一个很像的地方，都很敏感。你以前经常对它说话吧？"

"对啊，它告诉你的？说起来，最近好像很久没有对它说话了。"

"所以，它以为你不喜欢它了。"

"啊，我最近很忙……原来我的那些碎碎念一直有个听众，感觉好开心。喵喵，我想求你一件事。"

"教你和植物交流的方法？"

"对呀，可以吗？"

"当然可以，但是你得边学边帮我打理盆栽店。"

"成交！"

除了喜欢和植物聊天，喵喵还喜欢收集没见过的种子，然后种下，浇水，看它长出什么来。这个过程，喵喵重复多少次都不会腻。

松鼠一灰曾经问过喵喵，他种过的种子里收获的最大的惊喜是什么。

喵喵想了想，对一灰说："有一颗种子，需要你的相信和坚持做养料，它很难发芽，发芽了以后也很难开花结果，但是，它的花、它的果是这个世界上最美好的收获。"

一灰心领神会："你说的是梦想的种子吧？"

喵喵回答："答对了。"

"那你的那颗梦想的种子开花结果了吗？"

"这片花园就是呀。"

雨中的
布偶

twenty one

鸵鸟爱莎以前是不喜欢下雨天的，但是她现在俨然从不喜欢变成了期待，每到下雨天就撑起雨伞跑到雨里去。因为她在书上看到一句话：如果你失恋的时候太难过，就做一些从未做过的事情，新的感受会覆盖旧的回忆。

"再下大点吧！"她在雨中大声说。

她希望这场能把大地洗刷得干干净净的大雨，也能洗刷掉她心里的某些回忆。

与此同时，路过脱线森林的恐龙拉弗刚好和她的想法相反，拉弗在雨中走得意兴阑珊，希望这场雨马上停止。因为他是一只布偶恐龙，吸水以后身体变得很重。

鸵鸟爱莎正转着雨伞看雨水弹成一朵花，看到恐龙拉弗，立即迎了上去。

"嘿！你是一个遥控玩具，还是一只活的恐龙？"

"……"

"你是什么龙啊？我对恐龙了解很少。"

"……"

"你背上这块布的颜色和我的沙发好像哟。"

"……"

恐龙拉弗转头怒视了爱莎一眼，还是没说话，继续辛苦地向前迈步。

"那我就最后问一句，你要再不回答，我就当你不会说话了。你……需不需要一个吹风机？"

"……要。"

在吹风机的呼呼声中，爱莎知道了恐龙拉弗的故事。

拉弗来自一个神秘的玩具王国，那里的玩具都拥有生命，大家的生活和其他地方没什么两样。拉弗也和其他的可怜虫没什么两样，他偷偷地喜欢一个毛绒小熊，一直没有勇气表白。

"表白真是很需要勇气的一件事情呢，连曾经的地球霸主都缩手缩脚。"爱莎感叹道。

"我是布偶恐龙。"拉弗白了爱莎一眼。

拉弗不停地鼓舞自己，不停地让自己变得更好，终于到了决定表白的时候，却发现毛绒小熊已经不知道什么时候离开王国了。没有人知道她为什么离开，也没有人知道她要去哪里。

"所以，你离开王国是要找到她，向她表白？"

"对啊，话都到喉咙了，我不说要难受一辈子。"

"可是世界那么大，你要怎么找到她？"

"我能感觉到她的气息，要是和她真的有缘分，往哪儿走都能遇见。"

爱莎还能说什么呢？这份对爱情的执着，她也曾经拥有过。她想笑恐龙拉弗早干吗去了，却又想到，他已经比很多暗恋了一辈子却无疾而终的人好多了。

看这场雨一时半会儿停不了，爱莎拿出自己的雨伞，要送给拉弗。她知道，一直盯着窗外的拉弗，时刻都想着马上上路。

"你把伞给我，自己怎么办？刚才你一个人在雨中干吗？"

"等雨停了我再去买一把呗。我在雨中是为了疗伤，但是现在已经好一些了。谢谢你。"

"谢谢我？"

对啊，鸵鸟爱莎要谢谢他让自己又对爱情燃起一丝希望。

失恋固然很难受，但是有时候开心，有时候划开了心也正是爱情的特色吧。

　　或许在她不知道的某个地方，也有一个男朋友和恐龙拉弗一样，正在披荆斩棘地朝她走来呢。

松鼠一灰
的笑

突然有一天，松鼠一灰发现自己不会笑了，无论他对着镜子怎么扭动自己的脸，那个表情都不是笑的样子。

一灰丢失过手机、钱包、自行车、雨伞、手套，第一次丢失了笑的方法。

团团确定了一灰不是在开玩笑以后，拿出一大袋瓜子开始快速地嗑。这是团团特别焦急时为了让自己冷静才会有的举动，相当于有的人拼命抽烟，有的人来回转圈。

"你怎么比我还激动？"一灰好奇地问。

"因为不对我笑的一灰，陌生得像另一个人。"

团团来找长颈鹿目里，这种非正常现象找他总没有错。

"一灰最近是不是去过隔壁森林的半须河？"目里听完团团描述的一灰的状况，问道。

团团想起了前两天，一灰拿着颗石头来找她："你看这是我在半须河捡到的，石头上的花纹好像一辆迎着夕阳开往远方的火车。"团团接过石头各个角度都看了一遍，还是找不到火车和夕阳。团团不甘心，毕竟自己抬头看月亮的时候，也是看得到嫦娥在戏兔、吴刚在砍树的，那就是一灰的想象力又脱线了，便同以往一样回答他："呵呵，你开心就好。"

"喂喂！"目里不明白团团怎么突然愣住了。

团团从回忆中回来："对呀，他前两天去过半须河，你怎么知道的？"

"知道那里为什么叫半须河吗？"

"为什么？"

目里喝了口咖啡，娓娓道来："在小河还不叫半须河的时候，有一天一个路过的巫婆想在河边洗把脸。一群调皮的小鱼想要恶作剧，趁她洗脸的时候突然同时跃出河面，吓得巫婆一个趔趄，直接掉到水里。发怒的巫婆直接给河里的水族施了消极诅咒，让所有水族们都变得闷闷不乐，做什么都不起劲。鲶鱼长老为了拯救水族，翻遍典籍，终于找到了方法：解除消极诅咒，需要出其不意的改变。鲶鱼长老挣扎了一夜，终于向它最珍爱的宝贝——两条长须伸出了剪刀。当割掉半边长须的鲶鱼长老出现在大家面前，大家先是愣了一下，然后全都'哈

哈哈哈哈’地笑成了傻货，小河的诅咒解除了。大家为了感谢鲶鱼长老的牺牲，从此就把小河叫作半须河。”

"一灰也是中了这个消极诅咒吗？"

"应该是消极诅咒还没完全消失，变异成为不会笑的诅咒吧。"

"那解除的方法依然是出其不意的改变？"

"你可以试试。"

团团回到家，翻箱倒柜找出唯一的一条从来没穿过的裙子，似乎对第二天出其不意的改变已经有了决定。

住在脱线森林
的我们

下午太阳很大，犀牛厚厚买了甜筒等斑马菲菲。眼看甜筒都快化了，菲菲还没来，于是厚厚对甜筒说："冬天快来了，甜筒你再坚持一下！"

斑马菲菲："我是黑白两色，钢琴也是黑白两色，你当初为什么不去和一架钢琴告白？"

犀牛厚厚："因为和钢琴只能弹音乐，和你却可以谈恋爱。"

"你说，大家背负着那么多东西像只蜗牛一样生活，值得吗？"

"值得。"

"为什么？"

"因为蜗牛没了壳像只鼻涕虫，丑。"

"喜欢我……不喜欢我……喜欢我……"考拉懒懒一片片数着花瓣。

狐狸阿北看到了，愣住："你怎么把花撕掉了？"

懒懒："不是你说的这朵花可以让我知道她喜不喜欢我吗？"

阿北："蠢货……我是要你把花送出去。"

"一灰，你知道吗，爱情对我来说，就像星明虫一样。"

"不知道那是什么东西……"

"对啊。"

刺猬团团："我们来玩回音游戏吧。"

松鼠一灰："好。"

刺猬团团："有人在吗？"

"人在吗？"

"在吗？"

"吗？"

"唉！怎么了，乖儿子？"

"傻猫，怎么找了个处女座男朋友？他们老喜欢挑刺了。"

"因为我喜欢吃鱼呀。"

"为什么看到流星可以许愿呢？"

"也许是因为稀罕吧。难得一见的稀罕事物，仿佛带着魔力一般。"

"那我下次再看到你笑得那么开心，会记得许愿。"

比吃不到的葡萄还酸的是挂在嘴边的如果。

——狐狸阿北

只有和你聊天才会觉得聊天记录是值得珍藏的赠品。

——松鼠一灰

我们总是眼睁睁地看着别人穿过一堵堵我们以为是墙的空气。

——狐狸阿北

我在梦里问上帝，"我的生活看起来一团糟，怎么办？"上帝说："睁一只眼闭一只眼吧。"我问："意思是得过且过？"上帝答："意思是让你瞄准最重要的东西。"

——考拉懒懒

想到可能要孤独终老了，难过得想蹲下来抱抱自己。可是手太短抱不了，难过得哭了……

——恐龙拉弗

期待一样东西然后失去，比从没期待过难受得多。就像看到七彩祥云向自己飘来，结果却是泼下一场冷冷的冰雨。

——鸵鸟爱莎

从沙发底下找出一堆丢失的东西，硬币、手机壳、钥匙……真怕等一下小时候的梦想都被翻出来。

——刺猬团团

最好的隐藏是忙碌，正如转动的风扇永远看不清伤痕的纹路。

——鸵鸟爱莎

为了写文章一连看了几十部爱情电影，终于明白想要的爱情是什么，就是看这些电影的时候有个人在身边一起看。

——松鼠一灰

小时候以为自己有魔法，无论是在树下、草地上、山谷里，还是在哪里睡着后，都能从家里的床上醒来。可是妈妈离开了以后，这个魔法就消失了。

——考拉懒懒

找你真像大海捞针一样难啊，但是我会让自己变得更好的。你是针，我就让自己变得更有磁力吧。

——鲸鱼粽粽

在某些场合我会有一种格格不入的感觉，世界被他们变成欢乐的海洋，而我是条呼吸困难的淡水鱼。

——松鼠一灰

当我以为有个词语叫"好颈不长"的时候，难过了好多天。

——长颈鹿目里

我也想瘦成一道闪电，然后在每个男人发誓的时候出现。

——鸵鸟爱莎

突然想吃一样东西，多远都要去；看到喜欢的玩意儿，攒钱也尽量买。总感觉亏欠身体那么多，如果有机会哄哄它，就使劲哄吧。

——狐狸阿北

有的东西明知道挺无聊的，还是莫名其妙被逗笑。有的故事明知道是虚构的，还是哗啦啦地被感动。每个人身上都有一些被按到才知道它存在的开关。

——棕熊大波

其实我们做的好多事就像考试后对答案一样，不是为了改变什么，只是想要确定什么。

——刺猬团团

救命，我煮的面怎么这么好吃？！我已经开始担心未来的男朋友爱上的是我的面，而不是我的人。

——刺猬团团

我抓着气球的线，突然混淆了它们本来就会飞，还是怕碰到我的刺不敢掉下来。就像混淆你是真的想对我那么好，还是只是怕拒绝我会让大家尴尬。

——刺猬团团

我在犹豫的时候，会抛硬币来决定做不做一件事情——接得住就不做。

——考拉懒懒

一失眠，全天下的星星就有了名字，全世界的绵羊就有了编号。

——考拉懒懒

把撒哈拉装进沙漏，时间不到不许走。

——松鼠一灰

我把我的金鱼放进河里，连金鱼缸一起放的。她说想看看河里的世界，但我不能让她受伤。

——松鼠一灰

向命运低头吧，因为格斗前要说"请多多指教"。

——狐狸阿北

我做过的最英勇无畏的一件事，便是从心底接纳了自己平凡无奇。

——小老虎喵喵

我等过许许多多的事物，但数你最奇怪。我在还不知道这个世上有你时，就已经开始等你了，所以我永远没法子怪你。因为不是你迟到，而是我早到了。

——小老虎喵喵

愿我们的快乐能像烦恼一样多，愿我们的幸福能像不幸一样坚固。

——乌龟幸之助

你以为已经把往事化作浮云了，但是只要是朵云，总会有打雷下雨的时候。

——狐狸阿北

永远都不要为了目的而忘了初衷。就像给风的命名，不是它要去的方向，而是它来时的方向。

——松鼠一灰

不要老想着保护自己不受伤害，有壳的动物总是走得很慢。

——乌龟幸之助

这个地球是圆的。这是个无论如何转身都始终要面对的世界。

——松鼠一灰

找个路痴谈恋爱吧，不用担心渐渐没了当初的感觉，他最擅长的就是带你回到原点了。

——狮子巴巴拉

你做梦都想看的演唱会，总会有一些空座位，它们就像身边的一些机会，没有入场券的时候永远不属于你。

——狐狸阿北

你明明不是坐井观天的青蛙，却总把井口大的事情当作天大的事情。

——松鼠一灰

在哪里摔倒，就在哪里躺下来看看天空。

——松鼠一灰

我不带刺的那一面，只留给我想拥抱的人。

——刺猬团团

死心之所以令人难过，是因为有过死心塌地。

——狐狸阿北

能够找到一个一起玩泥巴的朋友真开心，做傻事的时候只要有朋友陪着，被多少人笑都无所谓。

——犀牛厚厚

你突然就喜欢我了，我一直抱着这个幻想。这个世界每天发生那么多奇怪的事，不多这一件。

——鸵鸟爱莎

松鼠一灰的信

twenty-four

嗨，团团：

你肯定猜不到我是在哪里给你写信，我啊，走着走着就走到了一片向日葵花田。这里太美了，所以我在花田里躺下来休息。一躺就躺了很久，想到了很多东西，想全都告诉你。但是这封信你是收不到的，你就当今天送信的是只绵羊，他半路嘴馋把信吃掉了吧。

你有没有发现"向日葵"这个名字其实挺好玩的，喜欢向着太阳就叫作向日葵。那我喜欢向着你，是不是应该叫"向团灰"？好奇怪的感觉。

你知道吗？向日葵的花语是沉默的爱，我有点不明白沉默怎么会有爱。然后，就想到和你在一起的时候各做各的，久久不发一语也不会觉得尴尬，大概就是因为有爱才能这样吧。

最近经常下雨，你小时候用装满水的气球和小伙伴们打过水仗吗？噢，应该没有，你说过不喜欢气球，因为总是一不小心就扎到你后背的刺丛爆掉了。我感觉天上像是有好多个装着水的气球，上帝无聊了就拿着飞镖扎气球玩，这就好解释为什么最近的雨总是下得毫无预兆。你看过雨中的人吗？本来大家都是一样的心情，一场雨下来就截然不同了：有人狼狈地狂奔；有人拿出包里的伞，悠然自得；有人等着送伞的人，满脸幸福。我有一把一直没用的伞，希望有一天能撑在你的头上。你抬头的时候肯定会笑，因为伞面上是你最喜欢的凡·高的《星空》。是不是有点好笑，这片最美的星空，每次都要等到下雨的时候才能被看到。

你说向日葵为什么要一直朝着太阳看呢？我在花田里待了很久以后可能知道原因了，因为它们"一根茎"，所以喜欢一件事物就要一直朝着那个方向，这点有点像你呢。

上次妈妈不小心摔坏了一个碟子，马上念念有词"碎碎平安"，每次都会这样。我觉得挺好玩的，要是什么时候心碎了，我也说句"碎碎平安"吧。写到这里，我仿佛已经听到你说"呸呸呸，说什么心碎"。的确啊，只要你愿意，没人可以让我心碎。

还记得那天你来问我"小确幸"是什么意思，我告诉你这个词语出自村上春树的随笔，意思是"小而确定的幸福"。但我没告诉你，这个词语能让你来找我，就是我的"小确幸"了。

然后我拿出杂志告诉你我写的诗歌被刊登了，你反应很平常："以前就看过啦，很喜欢。"我却开心得有些激动："很喜欢？"你被弄得有些莫名其妙："喜欢你写的诗很难得吗？不用那么开心吧？"

当然开心，因为这事完全没听你提过。这说明，你还藏着很多我不知道的"很喜欢"呀。

这个发现真是"大确幸"的开心。

　　我越来越觉得生活里有一些仪式感挺有必要的，比如认真地过喜欢的节日，为好朋友用心地挑一份生日礼物，下了一部期待已久的电影，要摆上最喜欢的水果、零食、饮料再按下播放键，仪式感让无趣的生活多了些意义。所以问题来了，你们女生有约会的时候一定要洗个头才出门，是仪式感的一种还是习惯的一种？我当然希望是仪式感啦，这样就显得每次约你，你都在让我们的见面更有意义呀。

　　看到网上说，今天又开始水逆了，要一直持续到下个月，接下来的坏运气都可以让这颗倒霉的逆行水星背锅了。我是不希望你倒霉的，因为你不开心我就不开心。我倒霉无所谓，倒霉就意味着有话题和你聊天了，所以如果一定要走在路上被楼上的花盆砸到的话，我希望花盆里是你最喜欢的桔梗花，这样作为补偿，我就可以把花拿走送你了。你肯定又要批评我的这个想法了，我当然知道为什么，本来就挺傻的，负负得正砸聪明了怎么办，这下你欺负我的难度就陡然提升了，哈哈哈。

　　放心，我没有被花盆砸到，但是今天买了个甜筒，还没吃就不小心掉到地上了，我定定地看着它好一会儿，心痛得无以言表。很奇怪，如果弄丢了买甜筒的钱，是感觉不强的，为什么弄掉了甜筒就那么心痛呢？

　　后来我想通了，就像同样是因为加班，如果被夺走的是一个普通的晚上，我的感觉应该不强吧。但是如果夺走的是和你有约的晚上，就和甜筒掉到了地上一样，能不心痛吗？

　　告诉你一件好玩的事情，你知道我的微博上有个树洞吗？很多人喜欢去评论里吐露心事。前几天我突发奇想，挑了其中的一些心事，帮他们找了个真的树洞念出来，而且是棵柳树的树洞。

　　都说突然打喷嚏的时候是有人想你了，于是那些心事如愿以偿地随着纷飞的柳絮到处惹人打喷嚏。

　　你因为柳絮打喷嚏了吗？我对着树洞可没忘了说些想对你说的话。

　　虽然这次旅行没能和你一起，但是我没忘了和你的约定，要给你带沿途的礼物、讲遇到的故事。刚才看到蜜蜂在采蜜，我偷了一些抹到秒针上，不然没法解释为什么在向约定的日子靠近的时候，每一秒都带着甜。

　　再见吧，向日葵们，我向团灰继续上路了。

世界末日的
晚上

森林里突然出现了一只小恐龙。

起先森林里的动物们并不能确定那只丑丑的、虎头虎脑的小兽是传说中的恐龙，还是森林里最博闻多识的乌龟幸之助从一本图册上确认：这就是一只甲龙。

可是，早已经从地球灭绝的生物为什么会出现在森林里？一股恐慌的情绪迅速感染整座森林。虽然那只引起恐慌的小恐龙看上去一点杀伤力都没有，它只是表情茫然地在森林里东走西看看——不是那种充满好奇的探看，看上去只是单纯地对自己所处的环境感到困惑。

不过随着时间一天天过去，动物们看小恐龙每天除了在森林里漫无目的地游荡，并没有什么危险可言，对他的戒备也就慢慢卸下了不少。这时大家才发觉，原来自从他出现在森林里，好像就没有停下来休息过，也没有吃过任何东西。

善良的鸵鸟爱莎看着小恐龙可怜兮兮的样子心中不忍。虽然还是有点害怕，但很快她的善良就战胜了内心的恐惧。她走到小恐龙身边问他："请问，你真的是一只恐龙吗？"

"恐龙是什么？"小恐龙表情有点疑惑，"我可是一只大甲龙。"

那么，这确实是一只恐龙了，鸵鸟爱莎心想。

"好吧，小甲龙。能告诉我你是怎么来到这片森林的吗？"

"我……我也不知道。我只记得那天天空突然落下好多块巨大的陨石，陨石又引起了火山爆发，我的父母和朋友在那天都一个个死掉了。"小恐龙说到这里停了停，奇怪的是脸上并没有特别悲伤的表情，"我只记得眼前闪过一道耀眼的光，然后就眼前一黑昏迷过去了。等我醒来，发现自己就躺在了这里。"

鸵鸟爱莎听完只觉得难以置信，可这只小恐龙就如此活生生地站在身前，又由不得她不信。

"你真的一点都不记得，那天昏迷之后到醒来之间发生过什么了吗？"

"不记得了。等等……不知道为什么我脑袋里总有一个数字不断闪过，我想想，对，是2012……"

"2012？现在我们就在公元 2012 年啊。你还记得什么吗？"

"2012……1211……世界末日。没错，我想起来了：2012 年 12 月 21 日是世界末日。"

"怎么可能？！怎么可能还有几个月的时间就是世界末日？"鸵鸟爱莎叫道。

"我也不知道是不是真的，反正我只是告诉了你在我脑海里一直隐隐浮现的这则消息。至于世界末日可能不可能，我想你看看我应该就知道了。"

对啊，鸵鸟爱莎想。眼前这只恐龙可是真正经历过世界末日的啊。

"可是，为什么你脑海里会有这个奇怪的想法？"

"我……我不知道。"

鸵鸟爱莎的脑子乱了，本来她是想来问小恐龙肚子饿不饿、要不要一起去吃点东西，可现在她满心都是世界末日要来了的恐慌。

匆匆和小恐龙告别后，爱莎径直来到乌龟幸之助的家，把小恐龙和她说的世界末日的话告诉了幸之助。

鸵鸟爱莎原本期待乌龟幸之助能对她带来的消息付之一笑，可幸之助听了眉头却不禁紧皱起来。"我想，我确实曾在一部古老的书里读到过类似的信息。当然，我不能说这个信息是百分之百准确的，但恐怕也不能武断地把它归为无稽之谈。"乌龟幸之助说到这里慢慢微笑了起来，"不过就算这是真的，我们也无法做些什么来阻止它，所以我们能做的也只是像以前那样愉快地生活，不是吗？当然，或许我们应该让自己更加愉快一点才对——如果再有三个月就是世界末日的话。"

听完乌龟幸之助的话，鸵鸟爱莎的内心平静了很多。她又回去找到小恐龙。

"这么多天都没见你吃东西，我想你一定饿坏了吧。"鸵鸟爱莎问小恐龙。

"饿？自从来到这里，我好像已经没有饥饿的感觉了。我记得以前我可是很能吃的。"小恐龙说。

于是，爱莎把小恐龙带到了长颈鹿目里的蛋糕店。她给小恐龙点了平时最爱吃的杧果慕斯和小饼干。小恐龙坐下来默默地吃完了杧果慕斯和小饼干，接着又喝完了一杯热热的奶茶。

"好吃吗？"鸵鸟爱莎问他。

"我也不知道好吃不好吃，我的味觉……好像已经消失了。我也感觉不到饱或饥饿。"小恐龙就好像在说一件和自己无关的小事似的。他看上去丢失的不仅是味觉，似乎所有的感觉都一并消失了。

爱莎看着小恐龙若无其事的样子，只觉得心疼。如果他看上去能够表现得悲痛一些，爱莎反而不会觉得这么难过。

从这天开始，鸵鸟爱莎会不时带着小恐龙去游乐园玩游戏，去电影院看电影。虽然他去游乐园也不会表现得更开心，看恐怖片时也感觉不到任何恐惧，但爱莎觉得小恐龙需要的就是朋友的陪伴。也许这陪伴能让他一点一点地找回自己。

森林里的动物也不像一开始那么害怕小恐龙了，有些甚至愿意主动和他打招呼。小恐龙表现得永远都是那么礼貌而又客气。而那些不愿意和小恐龙进行交流的动物们，也不是因为害怕他，而是害怕他带来的那个关于世界末日的预言。

当然，这预言似乎根本就没有对小恐龙自己造成什么困扰。

那天因为在游乐园吹了一下午冷风，晚上鸵鸟爱莎就病倒了。躺在床上养病的日子是煎熬的，也许是出于自责，也许只是因为没有别的地方好去，小恐龙会经常陪在爱莎床边为她读一些书里的故事。小恐龙似乎很喜欢这些故事，如果不是爱莎有时怕他读累了让他休息一下的话，也许他能一直读下去。而另一方面，爱莎又很怀疑小恐龙是不是真的可以理解那些故事，因为他无论读什么文字，声音听上去都是一个样子。

直到那天在小恐龙没有起伏的念书声中，鸵鸟爱莎正昏昏欲睡，突然间听到的一段文字让她从半睡中惊醒。

"恐龙灭绝是指大约 6500 万年前······发生的白垩纪······
生物大灭绝事件，是······"

即使在念这段描述时小恐龙的声音一开始也是平静的，但
渐渐地，鸵鸟爱莎似乎从他的声音里听出了一丝细微的波动。
于是她赶紧抢过小恐龙手里的书，说："我今天有点困了，就
先念到这里吧。"

小恐龙看了看爱莎慌张的样子，轻声对她说："没关系
的。"

小恐龙的声音听来那么温柔，可爱莎却只觉得心都快碎了。
她想要安慰小恐龙些什么，可他只是叮嘱她早点休息，转身就
要离开。

"你准备去哪儿？"鸵鸟爱莎问他。话刚问出口就有些后
悔，他还能去哪儿呢。

"我去看看星星，星星远远看起来是很梦幻、很不真实的，
对吗？"小恐龙边说边朝外面走去，"可我发现，这么多年没

变的好像就只有星星啦。"

　　鸵鸟爱莎病好了之后就更加积极地拉着小恐龙一起到处转悠，好像要带他重新认识一遍这个世界似的。她还打算给小恐龙介绍她的朋友们，可一向听话的小恐龙却拒绝了。

　　"你不想多认识一些朋友吗？就像上次你见过的做东西超好吃的长颈鹿目里，他们都很善良、很亲切。"

　　"我不想再认识更多朋友了。"小恐龙说，"因为很多年前我已经失去过一次我的朋友们，我想我……不想再失去一次了。"

　　鸵鸟爱莎心里也不觉沉重了起来，连乌龟幸之助都没有出面完全否定世界末日的说法。随着那个日期一天天接近，现在森林里已经有越来越多的小动物相信这个可怕的预言了。他们内心既抗拒这个预言，但不知道为什么，好像又隐隐有一丝躁动和兴奋。

天气一天天转冷，那个日子还是不紧不慢地来了。12月20日的晚上，森林里的动物全都走出了家，它们有的聚集在狐狸阿北的酒馆一杯又一杯地喝着啤酒，有的在长颈鹿目里的店里吃着平时怕胖不敢吃的甜品。森林里的空地上燃起了篝火，动物们围绕着篝火尽情地舞蹈、歌唱。

小恐龙跟着鸵鸟爱莎一路走来，平时总是呆呆的脸庞在火光的映衬下都好像有了一丝生动。

"你在想什么呢？"鸵鸟爱莎问小恐龙。

"我想……他们看上去完全没有任何恐惧。"

"你不也是一样吗？"

"不，我不害怕是因为我已经经历过一次了。可他们……"

"他们也害怕，不过他们对待恐惧的态度就像对待死亡一样——你永远不可能摆脱这两样东西，那么为什么不把它们当作燃料，来尽情燃烧自己的生命呢？"

"可是……我好像已经没有可以燃烧的东西了。"

鸵鸟爱莎没有再说什么，只是默默地陪小恐龙慢慢走着。

时间一点点接近了午夜，她和小恐龙来到一座小桥上，看着河水和月光一起慢慢流淌着。

一阵从森林传来的喧嚣打破了这份静谧，仔细听，那是小动物们在为可能到来的末日进行着最后的倒数。

7！

6！

5！

末日真的会来吗？

4！

3！

2！

爱莎转身看向小恐龙，才发现小恐龙也正在看着她。此刻他眼里闪烁着的是什么呢？可惜她没来得及想下去。

1！

一声巨大的爆炸声响起，天空被照得明亮起来。小恐龙的眼中瞬间填满了恐惧，他仿佛又看到了那日从天而降的陨石群。

他没做任何思索，只是一下把身前的鸵鸟爱莎扑倒在地，试图用自己的身躯来替她抵挡这来自末日的侵袭。

巨大的轰炸声不绝于耳。小恐龙恐惧得浑身都在不住地颤抖着，但他能做的只是更加用力地抱紧鸵鸟爱莎。

终于，爆炸声慢慢停下来了，空气里传来小动物们的欢呼声，鸵鸟爱莎试图推开压在自己身上的小恐龙。

"傻孩子，"鸵鸟爱莎说，"那不是世界末日的爆炸声，那是森林里的居民为了庆祝末日没有到来而燃放的烟花。"

"烟花？"小恐龙转身抬头向天空中望去。正巧此刻，不知道谁又点燃了烟花，虽然小了点，但在空中却异常绚烂夺目。

"你刚刚是在担心我吗？"鸵鸟爱莎问。

"我想……是吧。"小恐龙用依旧有些发颤的声音说道。

"你现在还害怕吗？"

"害怕？"小恐龙低头看了看自己还在颤抖的身体，"是的，是的，我感到了害怕！我怕眼前的一切会再次毁灭，我还怕你……怕你会被陨石砸中，被火山岩浆吞没，怕我……怕我一觉醒来整个世界又都已经变得陌生……"

　　鸵鸟爱莎没有阻止小恐龙说下去，她静静地聆听着小恐龙诉说他的恐惧，直到他突然捂着肚子停止了倾诉。

　　"你怎么了？肚子痛吗？"

　　"我……我……"小恐龙整张脸都羞红了，咕噜咕噜的声音从他的肚子里传来。他说："我想……我是饿了，非常非常饿，饿到可以把长颈鹿目里店里的每一块蛋糕都吃光。"

　　鸵鸟爱莎看着小恐龙满脸通红的样子，无比开心地笑了起来。

　　"既然你感受到了恐惧，又感受到了饥饿，那么我要恭喜你。"

　　"恭喜我什么？"

　　"恭喜你终于在这个世界活过来了。"

后记

/1/

文／一蚊丁

我真的挺开心的，《脱线森林》终于变成一本书了，有更加完整的故事，有 PP 殿下很赞的配图，我们之前只能在脑海中想象的一个世界出现在大家的手中了。

不记得是小学还是初中的时候，我偶然看到幾米老师的绘本，当时开心阅读的心情至今仍能感受到。或许就是那时的心情如一颗种子埋下，长出脱线森林里一个个充满画面感的小故事。

"脱线森林"最开始只是一个微博号，而且微博号刚开始是想叫"摩登森林"的，因为我很喜欢美剧《摩登家庭》里人与人之间的相处关系，也想表现这片森林其实很现代，后来因为已经有同名微博而作罢。现在想想应该感谢那位占用名字的博主，"脱线"的确更符合森林现在展现的状态。

创作《脱线森林》的初衷很简单，就是想通过不同性格的动物将生活里的一些发现和感受说出来，也想通过他们之间发生的一些故事，让大家会心一笑或者有所思考。

除了松鼠一灰和刺猬团团有些偏像我自己之外，其他动物的设定大都参照微博上的一些朋友，而且有些朋友至今对此毫不知情。用来做参照的朋友都有自己很鲜明的个性，例如有的傲娇，有的霸道，有的蠢萌。通过和这些朋友的接触写出森林里的一些小故事、小语录，可以保证动物们的独特性和故事的生生不息。

有趣的事情是要和好朋友一起做的，创建了"脱线森林"的账号后，夏正正便第一时间从我的脑海中跳出来。我喜欢写一些调皮的、调侃性质的东西，夏正正喜欢写一些温暖的、小清新的东西。这样的组合让《脱线森林》成为现在的样子，在有趣的前提下多姿多彩。

有趣，我强调了几次有趣：如果是心灵鸡汤，我希望是有趣的心灵鸡汤；如果是小清新，我希望是有趣的小清新。这是我和夏正正达成的共识，也是《脱线森林》存在的意义。

记得有一次，我心情不好，借刺猬团团的口说了很多消极的话，然后一条评论冒出来：虽然你用自己的微博说什么都可以，但是我看得挺难受的，就像看到脱线森林被一片打着雷的乌云覆盖了，很压抑。这条评论被网友点了很多个赞，表示赞同。那时我突然意识到，这个我和夏正正一起维护的世界，已经不止我们两个人在意了。天晴被阳光照耀的不止我们俩，下雨淋湿的也不止我们俩，这片森林已经住进了真实的居民。于是我立即删掉了大多数消极的微博，当然不是全部，每个人都有失落的时候，偶尔出现一些消极的东西挺好的。

现在在微博上搜索关键词"脱线森林"，主动推荐的朋友挺多，大多推荐语都是"蠢萌""有趣""一片净土"，每条微博下"艾特"（@，at，提示）朋友来看的人也不少。我其实是个挺自卑的人，一直想对喜欢脱线森林的大家说：当你们表示得到治愈的时候，你们的喜欢也治愈了我。

"脱线森林"的置顶微博是《这是一个树洞》，写下这篇后记的时候已经有将近七千条评论，也就是几千个秘密和心事藏在里面。等到书正式发售的那天，我也要去树洞里许个愿：希望大家可以喜欢这里，和心里那个长不大的自己一起永远脱线地生活。

如果可以，我们第二本见。

后记

/2/

文 / 夏正正

感觉就像小时候和朋友一起搭积木似的，我和蚊子（一蚊丁）玩玩闹闹地就搭建出了这片森林。

想象一只动物，为他设定一种性格，再起一个可爱又合适的名字，这片森林就有了一位长住居民。

这些动物像极了我们的一些朋友，也像极了我们内心深处那些不经常露出来和别人见面的自我。

写到后来实在分不清是因为我们情绪太丰富，才借这些小动物的口说了那么多的话，还是其实是这些也许无意间说出来的话，一点点地丰富了我们的情绪。

随着森林里的小动物越来越多，每只小动物的性格也越来越立体。渐渐地，这些小动物里面有的做了朋友，有的成了恋人。其实最开始我和蚊子并没有对这些小动物之间的关系做太过具体的限定，但人和人也好，动物和动物也好，遇上对脾气的自然而然就会相互接近，忍不住想要腻在一起。

希望你也能在森林里找到可以和你做朋友的那只动物。或者索性，你也来这里做一只小动物好了。

我最近有种错觉，就是这片森林一直在以自己的方式默默生长着。我和蚊子只给了它最初的生命，但它努力地呼吸着、认真地成长着，到现在好像已经长成了一片看不到边际的广阔林地。

这片森林虽然越变越大，却一点都没有变得空旷。我想最重要的原因是有越来越多的读者加入了这片森林。

我喜欢看每一句话下面的评论，正是这些可爱的评论才让原文不像是一句对着空旷处大喊的只有自己才能听到的独白。这是一种对话，一种可以让森林无限延伸下去的养分。

我相信这是一片充满生命力的土壤，这里的树木会一直生长，这里的小动物会一直絮叨，这里会有来自不同地方的旅人经过、驻足。

我爱这片森林，爱这里的每一只小动物，当然也爱曾在这片森林里留下脚印的你们。

感谢你的阅读，我们下次再见。@脱线森林

夏正正

巨蟹座，喜欢旅行、写作以及小动物。
人生中最理想的状态就是一边四处旅行，一边写一些以小动物为主角的故事。
因此，书中的那些小动物像极了他在旅途中遇见的那些人。
欢迎你开始阅读这本书。
欢迎你也踏上这段旅程。
微博：@ 夏正正

一蚊丁

非典型处女座，不善交际，人畜无害。
热爱有灵气的文字和有趣的一切。
生活太无聊，所以养了群脱线森林的小动物陪自己玩。
微博：@ 一蚊丁

PP 殿下

狮子座，爱吃好吃的，喜欢一边到处乱走一边画画。
最近觉得自己像一只鸭子，因为会突然呱呱叫。
画的人物其实都是自己。
微博：@PP 殿下

欢迎关注这本书中的小动物所在的脱线森林
微博：@ 脱线森林
微信搜索：脱线森林

知书文化荣誉出品